이재익 소설

노레벰인버

사진
김남지

노벰버 레인
ⓒ이재익 2011

초판 1쇄 인쇄 2011년 11월 22일
초판 1쇄 발행 2011년 11월 22일

지은이 이재익
사진   김남지

펴낸곳 도서출판 가쎄 [제 302-2005-00062호]

주소 서울 용산구 이촌동 302-61 jeil 201
전화 070. 7553. 1783
팩스 02. 749. 6911
인쇄 정민문화사

ISBN 978-89-93489-16-3

값 13800원

이 책의 판권은 지은이와 도서출판 가쎄에 있습니다.
이 책 내용의 전부 또는 일부를 재사용하려면 반드시 양측의 서면동의를
받아야 합니다.

이재익 소설

노레벰버인

사진
김남지

gasse •가쎄

차례

프롤로그, 첫 번째 작가의 말
그녀가 직접 쓴, 두 번째 프롤로그

프러포즈 \ 25

싱가포르의 밤 \ 55

소년의 고백 \ 115

귀국 \ 131

반전[反轉] \ 165

다시 반전 \ 207

미안해요 \ 249

안녕 노벰버 \ 295

편지 \ 333

에필로그, 두 번째 작가의 말

프롤로그, 첫 번째 작가의 말

독자들의 반응이 궁금해서 책을 낼 때마다 이메일 주소를 적어 놓는다. 책날개라고 부르는, 표지를 넘기면 바로 보이는 저자 프로필 아래. 생각보다 많은 독자들이 이메일을 보내온다. 소설을 읽은 감상이 대부분이고 가끔은 작가나 PD가 되고 싶은 학생들이 인터뷰를 요청하는 일도 있고 데이트를 신청하는 대담한 독자도 있다.

6월의 어느 날로 기억한다. 이름을 밝히지 않은 독자에게 이메일이 왔다. 별생각 없이 메일을 열어보았는데 독자 후기치고는 긴 글이 적혀 있었다. 아무에게도 털어놓지 못한 특별한 사랑이야기가 있다고 했다. 나에게 꼭 그 이야기를 전해주고 싶다고 거듭 강조했다.

나와 동갑인 그녀는 아주 멀쩡한 여자였다. 모델 같은 몸매를 가졌다거나 연예인처럼 눈을 끄는 외모는 아니었어도 아름답다는 표현을 써도 충분히 좋을 만큼. 그녀는 한때 시나리오 작가로 일했는데 그녀가 쓴 시나리오가 영화로 만들어진 적도 있었다.

그녀는 작정하고 나온 사람처럼 혼자만 간직하고 있던 사랑이야기를 털어놓았다. 그리고 부탁했다.

―이 이야기를 소설로 써주실 수 있나요?
―왜지요?
―영원히 남게 하고 싶어서요.
그녀의 눈은 진심을 담고 있었다. 열망을 품은 눈동자.
―영화 시나리오까지 쓰셨던 분인데, 직접 도전해보시죠.
―프롤로그는 썼는데 더 이상은 못하겠어요. 한 글자도 써지지 않아요. 제발 부탁드립니다.
그때는 내가 〈아버지의 길〉이라는 두 권 분량의 장편 역사소설을 쓰던 중이었다. 다른 이야기를 쓸 엄두가 나지 않았다. 고민 끝에 거절하고 그녀와 헤어졌다. 집에 돌아오는 길에 보니 무려 네 시간

동안 그녀의 사랑 이야기를 들은 셈이었다.

   그리고 한참 시간이 지나 8월. 여름휴가를 떠났다. 방송도 집필도 내려놓고 먼 나라에서 시간을 보내던 어느 날이었다. 호텔에 있는 바에서 진 토닉 한 잔을 마셨다. 막 비가 내리기 시작했고, 봄베이 진의 달콤한 향과 함께 그녀의 얼굴, 그녀의 목소리가 되살아났다. 취한 듯 홀린 듯 그녀의 이야기를 쓰기 시작했다.

   열흘 동안의 휴가 내내 글을 썼다. 낮에 잠깐 수영을 하거나 밤에 칵테일을 마시는 시간을 빼고는 종일 노트북을 손에 들고 있었다. 그렇게 이 소설을 완성했다.

   그녀가 전해준 이야기의 80%쯤이 그대로 담겨 있다. 나머지 20%는 소설이 소설이기 위해 바꾸고 숨기고 만들어 냈음을 밝힌다.

그녀가 직접 쓴, 두 번째 프롤로그

 사랑을 추억하려고 해.
 누군가 그랬지. 끝난 사랑을 추억하는 일은 마음에 생채기만 남긴다고. 그렇다면 아직 끝나지 않은 사랑을 추억하는 일은 어떨까? 돌아보니 알겠어. 너와의 사랑은 끝났으되 끝난 적이 없고 이루어지지 않았지만 또 이루어진 사랑임을.
 그런데 도대체 사랑이 이루어진다는 건 어떤 의미일까? 어릴 때는 결혼이 사랑의 결실이라고 생각했어. 그러나 이제는 알아. 결혼은 생활의 방식일 뿐 사랑의 이룸과는 별 상관이 없음을. 사람마다 모두 다르겠지만 꽤 많은 사람들이 그러리라 생각해.
 뻔뻔하고도 부도덕하며, 나뿐만 아니라 타인의 삶까지 위태롭게 한 사랑이야기를 남겨보려고 해.

그래, 사랑.

누가 뭐라 해도 나는 사랑을 했어. 끝났으되 끝난 적이 없고 이루어지지 않았지만 이루어진 사랑을. 그것만은 분명해.

비가 내린다.

문득 니가 보고 싶다. 미치도록. 가슴을 쥐어뜯는 그리움이 창을 타고 흘러내린다.

너도 내 생각을 하고 있니? 우리 또 만나게 될까? 그래도 될까?

한 여자와 두 남자, 그리고 작은 방에 관한 이야기.

어쩌면 아직 끝나지 않은 이야기.

한 여자와 두 남자, 그리고 작은 방에 관한 이야기..

프러포즈

아직도 생생히 떠오른다. 그날 내가 무슨 옷을 입었는지, 어떤 신발을 신었는지, 집에서 나설 때 기분이 어땠는지까지 말이다.

바람은 뽀송뽀송하고 하늘은 새파랗던 5월의 첫날. 대통령의 탄핵을 둘러싼 소동으로 나라가 시끌벅적하던 봄이었다. 사상 초유의 정치적 이벤트로 매일 뉴스가 흥미진진하던 때 나에게도 빅 이벤트가 생겼다. 평범한 서른 살 여자에게 프러포즈는, 빅 이벤트라는 표현을 써도 무리는 없겠지?

별생각 없이 나간 봄날의 데이트였다. 남자친구 종우 오빠와 극장 앞에서 만났다. 그의 선택에 따라 〈범죄의 재구성〉을 보았다.

"파스타 먹을까?"

그는 좀처럼 양식을 먹지 않는 사람이었다. 나 역시 밍밍한 양식보다는 한식, 아니면 중국 요리를 좋아하는 식성이어서 우리 둘은 적어도 데이트 메뉴 선택에서만큼은 큰 이견이 없었다. 오랜만에 파스타를 권한 그는 차를 몰고 갤러리아 백화점 맞은편 골목으로 향했다.

안나 비니(Anna Bini). 친구들과 몇 번 와 본 적이 있는 레스토랑이었다. 파스타 식당치고는 규모가 컸다. 야외 테이블을 마련해놓아서 개방감이 뛰어났다. 레스토랑 안에는 옅은 꽃향기가 감돌았다.

각자 스파게티를 하나씩 주문해서 먹는데 그이가 불쑥 말을 꺼냈다.

"너는 나중에 어느 동네에서 살고 싶어?"

나는 그런 식의 노골적인 질문에 익숙했다. 오빠는 회계사라는 직업답게 무척 구체적인 방식으로 말하는 사람이었다. 뜬구름 잡는 식의 이야기는 그의 몫이 아니었다.

"갑자기 왜요? 이왕이면 강남에서 살면 좋겠죠. 다들 좋다고 하니까."

별생각 없이 뱉은 대답이었다. 서울의 서쪽 끝자락 화곡동에서 쭉 살았던 나는 다른 동네에는 별로 가본 적이 없었다. 직장 생활을 하면서 비로소 강남 여러 동네를 다녀보았다. 그때는 하루가 다르게 강남 아파트값이 뛰던 시절이어서 뉴스에서 유난히 주목을 많이 받던 때이기도 했다. 게다가 그이 역시 어릴 때부터 강남에서 자랐음을 알고 있었다. 그래서 강남이라는 말이 툭 튀어나왔으리라.

"그렇지? 나도 이왕이면 이 동네에 터를 잡는 게 맞다고 생각해.

그래서 말인데. 아파트를 살까 하고."

오빠는 뜻밖의 이야기를 꺼냈다.

"재작년부터 엄청 오르기 시작하더라. 내 예상으로는 앞으로 더 많이 뛸 것 같아. 지금이라도 하나 안 잡아놓으면 들어가기 쉽지 않아 보여."

오빠는 나보다 여섯 살이 더 많았다. 군대에 있을 때 외에는 한 학기도 휴학을 하지 않고 대학을 졸업하고 바로 회계 법인에서 일을 시작했다. 횟수로 치면 10년 차 직장인이기도 했다. 워낙 허튼 데 돈을 쓰지 않는 사람이었으니 아파트 하나쯤 살 종잣돈을 모아놓았으리라 짐작하기는 했었다.

"최근 들어서 부동산 공부를 좀 했어. 내가 제일 유망하게 보는 지역은 한강변이야. 반포, 잠원동, 압구정, 청담동. 이쪽 말이야. 요즘 대치동, 도곡동 쪽이 무척 많이 올랐지만 결국엔 한강변으로 대세가 움직이지 않을까 싶어. 재건축 들어가는 반포 주공 아파트가 제일 마음에 들긴 한데 그러려면 대출을 좀 많이 껴야 해서. 그래서 중층 아파트를 봤어."

그러면서 그는 강남 한강변에 있는 아파트들을 열거하고 재건축과 대지지분에 대해서 설명해주었다. 나는 그런 것들에 대해 잘 몰랐다. 어렴풋이 짐작하면서 고개를 끄덕였다. 갑자기 왜 이런 주제로 대화를 이끄나 의아해하고 있는데 그의 눈빛이 미묘하게 변했다. 그는 처음 사귀고 싶다고 고백했을 때와 같은 눈빛으로 나를 보았다.

"너하고 같이 살고 싶어. 좋은 동네, 좋은 집에서. 좋은 사람들하고 어울리면서. 니가 원하는 전부는 아니겠지만 많이 해주도록 노력할게. 지금처럼 행복하게 말이야."

낭만적이어야 할 짧은 순간에 급브레이크가 걸렸다. 지금처럼 행복하게라는 대목에서. 나는 궁금해졌다.

준희야. 지금 행복하니?

그이는 품에서 반지 케이스를 꺼냈다. 뚜껑을 열자 야외 테이블 위 한가롭게 흔들리던 촛불 옆에서 다이아몬드 반지가 반짝 빛났다.

"나하고 결혼해줄래?"

프러포즈의 정석이었다. 3년 동안 착실하게 만난 남자친구가 강남의 아파트와 다이아몬드 반지를 준비했으니. 직장도 튼튼 몸도 튼튼. 이런 프러포즈를 거절한다면, 상식과 예의에 어긋난다.

다들 떠들어대는 '스펙'의 측면에서 봐도 나는 그이에게 한참 모자란 평범녀가 아닌가. 명문대를 나와 부단한 노력 끝에 회계법인의 중간 관리자 자리를 눈앞에 두고 있는 그에 비하면 나는 뭘 했나?

건성으로 한 공부만큼 딱 그저 그런 대학교를 졸업하고 7년 동안 다니던 직장을 때려치우고 논지가 1년째. 외모가 출중한가? 20대 초반에 귀엽고 예쁘다는 말을 가끔 들었을 정도다. 집안이 빵빵하냐고? 부모님께 죄송하지만, 그럴 리가. 오랜 친구 연이는 이렇게 말하기도 했다.

—종우 오빠가 너를 만나는 걸 보면 이 세상에 조건 없는 사랑이

존재하는 것 같기도 해. 감사한 줄 알고 살아. 불우이웃도 좀 돕고. 유니세프는 가입했니?

그는 다이아몬드 마냥 눈을 반짝이면서 대답을 기다리고 있었다. 나는 그의 손을 끌어 잡으며 대답했다.

"며칠만 시간을 줘요. 지금 대답하면 너무 시시하잖아요."

오빠는 환하게 웃으며 말했다.

"이준희. 이래서 내가 널 좋아해."

나는 홍대 오피스텔 LG 팰리스에 살고 있었다. 사람 많기로 소문난 홍대 지하철역 바로 앞에 서 있는 건물이다. 대로변이긴 해도 18층이어서 소음은 거의 없었다. 전망도 나쁘지 않았다. 넓은 창으로는 시야가 탁 트였다. 도심 속에 놀라울 만큼 평화롭게 누워있는 성미산과 성미산 마을이 꽤 가깝게 내다보였다. 전경이 너무 좋아서 책상도 침대도 창가에 놓고 지냈다. 아주 추운 한겨울에만 침대를 안쪽에 들여놓고 잤다.

프러포즈를 받은 날이었다. 편의점에서 맥주를 사 들고 올라왔다. 부모님이 귀농을 택하시면서 혼자 산 지 1년. 방에서 혼자 술 마시는 일은 처음이었다. 그래 봤자 캔 두 개였지만. 맥주를 다 마실 때까지 우두커니 앉아 있었다. 고민이라기보다는 나 자신과 우리의 관계를 돌아보는 과정이었다. 내가 얼마나 철없고 겁 많고 이율배반적인 인간인지 깨달았다.

사랑이라는 말만큼 정의와 폭이 들쭉날쭉한 단어가 없겠지마는, 우리의 관계는 적어도 내가 꿈꾸던 사랑은 아니었다. 사실 나는 단 한 번도 내가 그리던 사랑을 해 본 적이 없었다.

가슴 떨리는 마음. 마음속에 있는 북이 둥둥둥 울리는 소리.

나에게 사랑의 정의는 그랬다. 누군가를 보고, 함께 있고, 만지고, 입 맞추면서 가슴이 떨리는 것이 바로 사랑이라고 생각했다. 나보다 연애 경험이 많은 친구들은 그런 감정은 1,2년이면 흔적도 희미하게 사라진다고 했으나 나는 1년이고 2년이고 그런 감정 자체를 느껴본

대상이 없었다.

그이는 좋은 사람이었다. 그러니 3년이라는 시간을 '연인'이라는 이름으로 함께 지냈겠지. 그러나 그 역시 마음의 북을 울리지는 못했다. 어쨌든 우리는 3년을 만났고 그는 나를 아내로 맞이하겠다고 의사를 밝혔다.

이제 암컷으로는 내리막길만 남은, 미래도 불투명하고 특출한 능력도 없는 서른 살의 나는 답을 줘야 했다. 나는 에쿠니 가오리나 무라카미 하루키의 소설에 나오는 주인공들처럼 마냥 쿨하고 기분 내키는 대로 사는 인간은 못 되었다. 비루하고도 냉정한 현실을 떨쳐내지 못했다.

알고 있었다. 나라는 여자, 만약 결혼한다고 해도 사랑에 대한 호기심과 열망을 완전히 접지는 못할 것임을. 결혼을 하면 그이와 나 사이에 없던 열정이 생길까?

가슴이 답답해서 집을 나왔다. 밤하늘의 달은 반달이었다. 토요일 밤 홍대 거리는 술에 취한, 기분에 취한, 자유에 취한 남녀로 가득했다. 대부분이 끼리끼리인 사람들 틈을 뚫고 혼자 걸었다. 밖에 나오니 답답한 기분은 조금 나아졌다.

주차장 골목 놀이터에 앉아 있다가 집으로 돌아왔다. 방에 들어오기가 무섭게 답답해졌다. 창문을 열고 고개를 내밀었다. 그날 밤은 바람도 불지 않았고 달빛도 침침했고 별도 구름 뒤로 숨었다. 18층 아래, 늦게까지 북적이는 홍대 골목 인파만 출렁거렸다.

침대에 누웠다. 내가 좋아하던 이불도 바스락거리지 않았고 산 지 얼마 안 지난 라텍스 베개도 말랑하지 않았다.

잠들기 전에 결정을 내렸다. 어쩌면 이미 답을 알고 있던 문제였는지도 몰랐다. 나 스스로 인정하기를 미뤘을 뿐.

조금만 더 공정했더라면. 조금만 더 용감했다면. 조금만 더 그를 위했다면.

그러나 인생에는 가정법이 없다.

결혼 준비는 일사천리였다. 연애하는 동안에도 나를 아주 마음에 들어 하지는 않으셨던 시부모님은 막상 결혼이 기정사실로 굳어지자 태도가 변하셨다. 한 식구 만들기 작업에 박차를 가하셨다. 결혼 전에 중요한 친지 얼굴은 익혀놔야 한다며 오빠의 삼촌, 숙모, 고모, 고모부, 사촌들까지 식사 약속을 잡는 통에 당분간 개인 생활은 꿈도 꾸지 못했다.

"니가 사람 돌보는 일을 해놔서 그런지 사람들 대하는 품새가 상냥하고 예쁘구나. 우리 아이가 왜 너를 좋아하는지 알겠다."

어머님은 과분한 칭찬을 아끼지 않으셨다. 공무원이셨던 아버님과 평범한 가정주부셨던 어머님은 결혼식을 올리고 얼마 안 있어 뉴질랜드로 가서 사실 예정이었다. 그이의 형, 그러니까 아주버님께서 뉴질랜드에 일찌감치 이민을 가서 꽤 건실한 사업체를 일군 모양이었다. 친구들은 그런 상황 —결혼하자마자 시부모가 외국으로 간다는— 조차도 무척 부러워했다.

시부모님과 함께 식사하는 자리에는 묘한 긴장감이 감돌았다. 처음에는 나 때문인가 싶었는데, 다른 이유가 있음을 알았다. 그이와 부모님 사이는 보통의 자식과 부모와 달랐다. 그는 부모님의 눈을 똑바로 쳐다보지 못했고 그런 그에게 부모님의 복잡한 시선이 가끔 머물렀다. '복잡한'이라고 에둘러 표현했으나 정확히 말하자면 안쓰러워하는 시선이었다. 이유는 몰랐다. 만날 때마다 그랬다. 설명하지도 물어보지도 못할 기묘한 긴장감이 나의 착각이기만을 바랐다.

일단 결혼하기로 마음먹은 뒤로는 정신 없이 바빴다. 꿈이니 열정이니 사랑이니 가능성이니 하는 형이상학적인 문제에 매달릴 여유가 없었다. 살도 빼고 피부 관리도 받고 웨딩드레스를 고르는 일도 꽤나 번거로웠다.

신혼집인 35평짜리 아파트에 채울 살림살이를 사는 일도 만만치 않았다. 결혼식까지는 시간이 넉넉했지만 그이는 결혼 전이라도 집이 준비되는 대로 같이 살기를 원했다. 집값에 비하면 새 발의 피라고 해도 혼수 준비가 여간 부담이 아니었다. 신랑 쪽에서는 청담동 아파트를 준비했는데 내 쪽에서 중국산 전자제품과 가구를 좌르르 들여놓을 수는 없었다. 그건 예의의 문제라고 여겨졌다. 직장 생활로 모아놓은 돈을 몽땅 털어도 될까 말까 한 상황에서 그이가 손을 내밀었다.

"기분 나쁘게 생각하지 않았으면 해."

그이는 5천만 원이 든 통장과 직불 카드를 건네주었다. 혼수 준비하는 데 쓰라는 뜻이었다. 기분이 나쁘지는 않았다. 다만 마음이 무거웠다. 이런 분에 넘치는 친절함조차 충분히 감사할 줄 모르고 무덤덤하게 받아들이는 내 못난 심성이 한심해서.

친구들은 번듯한 신혼집에 감탄했다. 하얏트 호텔의 결혼식을 선망했다. 회계사라는 남편 직업을 탐내는 친구도 있었다. 아직 결혼할 남자가 없는 친구들은 결혼한다는 사실 자체를 부러워하기도 했다. 그러나 우리의 사랑에 대해 말하거나 관심을 보이는 친구는 단

한 명도 없었다. 결혼식 전날 비슷한 스펙의 다른 남자로 신랑이 바뀌더라도 친구들은 상관없을 것 같았다.

결혼 날짜는 12월 1일이었다. 다른 커플들과 딱 하나 다른 점이 있었다면 신혼여행이었다. 그이는 결혼식 직후 몇 년 만에 가장 큰 프로젝트의 실무 책임자로 일을 맡을 예정이었다. 국내에서 손꼽는 건설회사의 감사 건이었다. 원래 회계사들은 큰 건수의 감사를 할 때면 밤샘은 물론이고 집에 못 들어오는 날도 있었다. 그래서 우리는 8월 휴가철에 미리 신혼여행 겸 여행을 가기로 결정했다. 코스는 싱가포르에서 이틀, 발리에서 나흘을 지내는 일정으로.

그 무렵 나는 다니던 직장을 그만두고 새로운 일을 배우는 중이었다. 그이에 비해 시간 여유가 있었던 터라 여행에 관련해서 내가 전부 알아보고 예약을 했다. 그때만큼은 들뜨고 두근거렸다. 그토록 호사스러운 여행은 처음이었으니까. 영화에서나 보던 럭셔리한 호텔과 리조트 사진을 보며 아이처럼 입맛을 다셨다.

행복해. 그렇게 소리 내어 말해보기도 했다.

여행을 가기 나흘 전. 침대를 사기 위해 논현동 가구 골목을 둘러보고 오는 길이었다. 혼자 살던 오피스텔에서 쓰던 50만 원짜리 리바트 침대도 편하기만 했는데 '수입'과 '브랜드'라는 수식어 두 개만 붙으면 침대값이 10배로 뛰었다. 결정을 내리지 못하고 돌아가는 길, 강남터미널 앞의 넓은 대로가 꽉 막혀 있었다. 전화가 왔다. 그이였다.

"준희야. 미안한데 이번 여행 나는 못 갈 것 같아. 기철이라고 알지? 후배 회계사 말이야. 같이 한 번 밥 먹은 적 있잖아. 그놈이 감사를 하기 전에 돈을 좀 받았나봐. 문제가 커져서 지금 옷 벗고 회사 나가게 생겼어. 당장 기철이가 하던 건을 내가 맡게 됐어."

무슨 말을 해야 할지 몰랐다. 그러나 내가 뭐라고 말하기도 전에 그이는 모범 답안처럼 대안을 내놓았다.

"결혼하고 조금 있다가 1월이나 2월에 신혼여행을 떠나자. 그렇다고 너까지 여름휴가를 날려버리기는 아까우니까 이번 여행은 혼자라도 다녀와. 친구하고 다녀와도 좋고. 경비는 아깝게 생각하지 마. 미안해. 나도 진짜 화가 나는데 이게 최선이다."

그의 목소리는 정말 화가 난 사람처럼 들렸다.

그이는 그런 사람이었다. 미리 세워놓은 계획대로 딱딱 움직이는 사람. 사소한 스케줄부터 인생의 중요한 단계까지 계획이 서 있는 사람이었다. 물어본 적은 없지만 죽는 날까지 예상을 해놨을지도 모른다. 연애에 있어서도, 나를 대하는 방식도 계획적이었다. 그는 한 번도 갑자기 나를 찾은 적이 없고 불쑥 약속을 잡은 적도 없다. 엉뚱한 선물을 준 적도 없다. 첫 키스도, 첫 잠자리도 무리하지 않는 타이밍에서 정중하게 이루어졌다.

그런 그였기에 자신의 계획에 어긋나는 일이 생기면 무척 화를 냈다. 그러나 화는 오래가지 않았다. 바로 차선책을 내놓을 줄 알았으니까. 그는 플랜 비(Plan-B)를 주머니에 넣어 다니는 사람이었다.

나 역시 몹시 화가 났다. 말이 곱게 나가지 않았다.

"오빠. 그런 법이 어딨어요. 너무 멋대로잖아요. 이건 우리 신혼여행이에요."

"이해해달라는 말은 하지 않을게. 다만 이것만 알아둬. 회사를 그만두지 않는 이상 이런 식의 긴급 동원령은 가끔 떨어질 거야."

그이는 내 말을 이해하지 못하고 있었다. 나는 회사에 대해 불평하는 것이 아니었다. 자본주의의 법칙쯤은 나도 안다. 많은 돈을 주는 대신 혹독하게 부리는 것. 몇 년 동안 직장 생활을 해 본 나로서는 그 메커니즘에 불평하고 싶지는 않다.

"그게 아니에요. 상황이 이러이러한데 어떻게 하면 좋을까? 나한테 상의를 해야죠. 나도 내 생각이 있는데. 그런데 오빠가 먼저 이번 여행은 혼자 다녀오라고, 우리 신혼여행은 겨울에 가는 걸로 하자고, 왜 그렇게 다 결정해서 말하냐고요."

지금까지 연애패턴도 비슷했다. 주도적으로 결정하는 사람은 그이였고 나는 특별히 반대하지 않고 그이를 따르는 편이었다. 이번

일도 그동안 우리 사이에 있던 관성의 법칙에 따라 그이가 차선책을 내놓았겠지. 그런 과정이 이해는 가면서도 기분은 좋지 않았다. 그이가 물었다.

"그럼 어떻게 하는 게 제일 좋은 방법일까?"

제일 좋은 방법이 있을까? 연인이 함께 여행을 떠나는데, 제일 좋은 방법을 찾아야 할까? 너는 어떻게 하고 싶냐고 그이가 물어봐 주기를 바랬다. 내 기분과 감정을 궁금해 하기를 바랐다.

이런 내 심정이 억지일까? 철없는 칭얼거림인가? 갑자기 울컥 화가 났다.

"오빠는 왜 항상 오빠 계획을 턱 내놓고 그다음에 물어봐요? 요즘도 그렇잖아요. 결혼 결정을 하고 나서는 아이를 일찍 갖고 싶다는 이유로 만날 때마다 관계를 갖잖아요."

"내 나이가 있잖아. 너도 아이 갖기에 적당한 나이고. 우리는 연애도 충분히 했잖아."

그이의 말은 틀리지 않았다. 서른여섯 신랑과 서른 살 신부가 아이 갖기를 서두르는 건 결혼을 앞둔 '좋은 방법'일 테다. 그이는 특유의 침착하고 분명한 목소리로 말을 이었다.

"더 좋은 계획이 있으면 언제든지 얘기해. 그동안 너도 동의했기에 내 플랜에 따른다고 생각했어. 그리고 여행 이야기를 하다가 왜 갑자기 아이 얘기로 넘어가?"

"같은 맥락이니까."

"무슨 맥락?"

"오빠는 내 감정이나 기분은 상관없어요? 그냥 오빠가 판단해서 제일 좋은 방법을 찾으면 그만이에요?"

"아이를 갖기 싫어?"

문득 숨이 턱 막혔다. 그때 알았다. 내가 성급했음을. 그이 탓이 아니다. 미운 건 나였다.

문득 차 안의 시계로 눈이 향했다. 돌이킬 수 없는 시간이 1초 1초 넘어가고 있었다. 나는 천천히 심호흡을 하고 말했다.

"그 얘기는 나중에 해요 오빠. 그리고 여행은 오빠 말대로 나 혼자 다녀올게요. 친구랑 같이 가던가 아니면 혼자 가던가. 오빠 말대로 여름휴가 취소하는 것도 좀 아깝고. 나도 바람 좀 쐬고. 그러는 편이 좋겠어요."

"그래. 너 그 리조트 엄청 가고 싶어 했잖아. 싱가포르에 그 무슨 거리지? 클락 거리? 거기도 걸어보고 싶어 했고."

그랬지요. 남편 손을 잡고. 싱가포르의 야경을 보면서 낭만을 키워보고 싶었어요.

통화는 누그러진 말투로 마무리했다. 도로 정체는 풀릴 줄을 몰랐다. 한여름 태양이 괜히 미웠다. 사방으로 검은 커튼을 쳐버리고 싶은 만큼.

그날 밤, 연이를 불러냈다. 그녀는 애지중지하는 애마 마티즈를 끌고 나를 태우러 왔다. 내 차와는 똑같은, 색깔만 다른 차다. 나는 노란색, 그녀는 빨간색. 작년에 병원을 그만두면서 나 자신에게 주는 선물이라고 생각하며 산 차였다. 내가 차를 산 지 두 달 만에 연이도 같은 차를 샀다.

답답해하는 나를 데리고 간 곳은 한강 시민공원 잠원 지구였다. 우리는 별말 없이 산책하듯 걸었다. 동호대교 아래에 벤치에 앉아 맥주를 마셨다. 규칙적으로 지하철이 지나다녀서 좋았다. 시끄러운 소리 때문에 적당한 간격으로 대화를 멈추게 되면서 대화의 템포가 유지되는 기분이 들었다.

그녀는 고등학교 친구였다. 함께 작가의 꿈을 키웠고 내가 꿈을 접고 현실적인 대안을 택하는 동안 그녀는 힘겹게 꿈을 향해 걸음을 옮겼다. 마침내 시나리오 작가로 두 편이나 영화 크레딧에 이름을 올렸다. 십년지기 친구는 내가 말을 꺼내지 않아도 하고 싶은 말을 알아차렸다.

"나도 참 많이 흔들렸어."

연이는 그렇게 운을 뗐다. 남들보다 조금 일찍, 26살에 결혼한 그녀는 이미 3살짜리 딸이 있었고 친구들 중에 제일 일찍 철이 든 편이었다. 그녀가 멋진 이유는 결혼하고 애를 키우면서 사는 여자들이 많이들 빠지는 오류, 즉 '사는 건 다 별거 없어' 라는 식의 쓸쓸한 페시미즘에 빠지지 않아서였다. 그녀는 다름과 틀림을 구별할 줄 알았고 모두가 다 비슷하게 살아야 한다는 강박과도 거리를 두었다. 정작 본인은 일하면서 애를 키우느라 늘 허덕이면서도.

"막상 결혼한다고 생각하니 막막하더라. 내 경우에는 먹고 사는 일부터가 걱정이었어. 서연이 아빠가 종우씨처럼 넉넉한 형편이 아니잖니. 상계동 스무 평짜리 연립에 전셋집을 얻으면서 환상은 일찌감치 깨졌지."

연이는 빙그레 웃으며 회상했다. 다리 위로 전철이 지나가면서 잠시 대화가 끊겼다.

"사실 니 고민에 백 퍼센트 공감하긴 어려워. 하지만 남자와 여자의 관계, 다른 사람이 어떻게 다 공감하겠니. 아무리 친한 친구, 가족이라고 해도. 니가 나한테 속 시원하게 이야기해준 적도 없고."

그녀의 마지막 말에는 약간의 원망이 묻어났다. 나는 조곤조곤 고민을 털어놓았다.

"너답다. 이준희. 너 그거 아니? 너만큼 인간적인 인간은, 여자 같은 여자는 내 주위에 없어. 정말 그래."

"무슨 뜻이야?"

"겁도 많고, 딴생각도 많고, 결정도 쉽게 못 내리고."

"다 나쁜 말들이네."

"아니지. 단어를 살짝 바꿔볼까? 여리고, 아직 꿈꾸고 있고, 신중하고. 어때?"

"좀 낫네."

"너도 알지? 다 가질 수는 없다는 거."

"그러니까 고민하지. 너라면 어떻겠니?"

"나라면 종우씨하고 결혼하겠지. 난 남자나 사랑에 대해 그렇게 갈구하는 편이 아니었으니까. 강남 아파트가 탐나기도 하고."

그 말에 붙여 그녀는 소리 내어 웃었다.

"무슨 소리야. 남자 때문에 죽겠다고 난리 칠 때는 언제고."

"그랬지. 결국 사랑은 변하더라."

"슬프다."

"뭐가 슬퍼? 사랑이 변하는 건 사람이 늙는 것과 마찬가지야."

"사랑은 왜 변할까?"

"노화와 마찬가지라니까."

"작가티 내지 말고 쉽게 좀 얘기해주세요."

"노화가 뭐니? 세포가 지치는 거야. 매일 같이 살아 숨 쉬고 움직이느라 지친다고. 사랑도 지쳐. 오래 함께 하다 보면 지치지. 변하지 않을 도리가 없어."

"평생 사이좋게 사는 부부도 있잖아?"

"물론. 열정이 애정으로 잘 승화한 케이스지. 건강하게 늙는 것과 마찬가지야. 내 말은 사랑의 온도가 식는다는 거지 서로에 대한 호감과 존경 자체가 사라진다는 의미는 아니었어."

"나와 종우씨는 지금도 온도가 뜨겁지 않아."

"그것도 사랑일 수 있어. 꼭 뜨거워야만 사랑인가?"

"넌 뜨거운 사랑을 원 없이 해봤으니까 이런 소릴 하지."

연이는 대학교 때 처절한 사랑을 경험했었다. 겨우 스무 살의 나이에! 고등학교 3학년 때 처음 알게 되었다는 남자는 다리가 불편한 사람이었다. 걸을 때 무릎을 살짝 절뚝거릴 정도의 장애였다. 나도 여러 번 만난 적 있었다. 파리한 인상에 좀처럼 말이 없는 남자. 밥값을 내기 어려울 정도로 호주머니 사정이 좋지 않았던, 우리보다 다섯 살이 많은 늦깎이 신학대학생이었다.

친구들은 모두 연이보고 미쳤다고 했더랬다. 다른 건 몰라도 연이는 길 가다가 돌아볼 만큼 예쁜 아이였으니까. 그녀와 사귀고 싶어서 대시하는 그럴듯한 남자들이 한둘이 아니었다.

독실한 불교 신자였던 연이의 부모님은 신학대학생과의 교제를 격렬하게 반대했다. 연이는 부모 자식의 연을 끊고 아예 집을 나와서 그 오빠의 집에서 1년을 같이 살았다. 그러다 이별을 했을 때 나는 연이가 자살을 할지도 모른다고 생각했다.

시간이 지난 다음 몇 번을 물어봐도 연이는 이별의 이유에 대해선 말해주지 않았다. 지금의 남편을 만나 결혼한 뒤로 그 일에 대해서는 아무도 말하지 않는다. 불문율처럼.

연이는 멀리 밤하늘로 시선을 멈추고 있었다. 나는 물었다.

"일단 결혼을 좀 미룰까?"

"너도 알잖아. 나는 조언밖에 해주지 못해. 결국 결정은 너의 몫이야."

서울의 야경을 반짝이며 흐르는 한강을 향해 긴 한숨을 토했다. 나는 고해성사를 하는 심정으로 연이에게 털어놓았다.

"우리는 처음부터 뜨거웠던 적이 없었어. 뭐랄까 오빠는 언제나 일정해. 키스의 흐름도 예상 가능하고 사랑을 나눌 때 체위도 항상 똑같아."

"하기는 자주 하니?"

"연애 초반에는 일주일에 한 번씩은 모텔에 들러 사랑을 나누었는데 한 1년 그랬나? 그 뒤론 한 달에 한두 번 할까 말까 했어. 요즘은 오히려 자주 관계를 가져. 만날 때마다. 목표가 있는 섹스지. 아이를 미리 갖기 위해서야."

연이는 어느 정도는 수긍한다는 얼굴로 고개를 끄덕였다. 그리고 물었다.

"잘 느끼는 편이야?"

나는 고개를 내저었다.

오르가즘은 마음의 북소리만큼이나 나와는 상관없는 단어였다. 부끄러운 고백을 하자면 그때까지 나는 한 번도 오르가즘을 느껴 본 적이 없었다.

"결혼하면 둘 사이의 온도는 연애 때보다 더 식는다던데. 어떡하지?"

"어차피 결혼이란 거래의 속성이 있어. 커플마다 다르지만 너의 경우를 보자면 이렇겠지. 남편의 든든한 그늘에서 안전하고 풍족하게 사는 대신, 평생 미지근하고 무심한 일상을 받아들여야 한다. 지금도 뜨겁고 가슴 뛰는 일상은 아니지만 그럴 수 있는 가능성마저 닫아야 한다는 조건이 결혼이라는 거래에 포함되어 있는 셈이지."

그녀는 자신의 분석이 맞는지 확인하는 표정으로 나를 돌아보았다. 거의 정답이었다. 나도 모르게 중얼거렸다.

"과연 내가 그런 삶에 만족할까? 결혼을 안 하겠다고 하면 그이는 헤어지자고 할 거야. 나 혼자 살 수 있을까?"

"너 스스로에게 자신이 있다면."

"나 대단하지 않아. 미래도 불투명하고. 그래도 성실하게 일해서 내 한 몸 건사할 자신은 있어."

"그 정도면 충분하지 않을까? 물론 내가 아는 이준희에게는 충분하지 않지만."

"무슨 뜻이야?"

"넌 겁이 많은 아이니까. 말은 그렇게 해도 혼자가 되기는 불안할 테지. 이 막막한 세상에서."

"여행을 다녀오면 결정을 내릴 수 있겠지."

나는 두 손에 얼굴을 파묻으며 중얼거렸다.

"혼자라도 갈 거야?"

그녀의 말에 나는 숙였던 고개를 번쩍 들고 외쳤다.

"니가 같이 가주면 더 좋고!"

"치이. 알잖니."

그래. 안다. 맞벌이하면서 세 살짜리 아이를 키우는 친구에게 갑자기 며칠 여행을 다녀오자는 부탁이라니. 그녀가 따스하게 말했다.

"조심해서 다녀와."

"일정을 좀 단축할까 해. 혼자 가는 여행을 6박 7일씩이나 갈 필요가 없지. 싱가포르에서만 3박 4일을 지내고 돌아오는 코스로 바꾸려고."

"싱가포르는 완전 도시라서 혼자 다니면 재미없을 텐데."

"어차피 호텔에 주로 있을 텐데 뭐. 가끔 산책이나 나갈까."

"그럼 뭐 하러 비싼 돈 들여서 싱가포르까지 가니? 제주도에서도 그 정도는 충분히 한다."

"멀리 떠나면 그만큼 더 냉정하게 보이겠지."

"팔자 좋은 소리다. 싱가포르 육포나 많이 사와."

그녀의 핸드폰이 울렸다. 액정에 딸 아이 사진이 떴다. 문득 가슴이 찌르르 아팠다. 쿵쾅쿵쾅 지하철이 머리 위로 달려갔다.

모르겠다. 정말 모르겠다.

싱가포르의 밤

8월 말. 성수기가 막 끝난 공항은 많이 붐비지 않았다. 가족, 연인, 친구, 여행객들은 모두 여러 명이 함께 움직였다. 오직 나만 혼자였다. 공항의 풍경이 이렇게 쓸쓸했던 적은 처음이었다.

면세품을 돌아볼 기분도 나지 않았다. 화장품 몇 가지만 사고 게이트 옆의 대기의자에서 기다렸다. 세 시가 조금 넘었다. 비행기 시간이 오후 네 시 십분 이었으니 한 시간이 더 남아 있었는데도 혼자 움직이기가 싫어서 그냥 앉아 있었다.

대기실 유리벽 밖으로 활주로가 보였다. 육중한 몸집의 비행기들이 날아오르기를 기다리는 모습을 멍하니 지켜보고 있는데 문자가 왔다. 오빠였다.

―수속 잘했어? 아직 출발 전이지?

바로 답장을 남겼다.

―곧 출발해요. 일 잘 보고 저녁 맛나게 먹어요. 도착하면 전화할게요.

―그래. 기분 전환 확실히 하고 와. ^^

그이에게 미안했다. 여행을 떠나기 전인데도 이미 마음은 결혼하지 않는 쪽으로 무게 중심이 넘어간 상태였다.

출국하기 며칠 전 그이 회사 앞에서 저녁을 먹으면서 물어보았다.

―나를 사랑해요?

그이는 확신에 찬 목소리로 예스를 내놓았다. 내가 물었다. 바보 같은 질문인 줄 알면서도.

―오빠가 생각하는 내 장점 세 가지만 얘기해줘요.

그이는 준비라도 해 놓은 사람처럼 머뭇거리지 않고 말했다.

―먼저, 너는 타인에게 따뜻해.

―아닌데. 나 많이 냉소적인 사람이에요. 때로는 비관적이기도 하고.

―설령 너의 마음속으로는 어떨지 모르겠지만 적어도 다른 사람을 대하는 태도는 상냥하고 부드러워. 또 너는 꿈을 꾸고 있어서 좋아. 작가로서의 꿈 말이야. 니가 가끔 써주는 카드나 편지를 읽다 보면 글을 참 잘 쓰는구나 싶어. 결혼해서도 그 꿈을 이뤄주기 위해 내가 도와줄게. 그리고 마지막으로, 너는 허영심이 없어. 사치스럽지도 않고.

-그래서 나를 사랑해요?

-나에게 딱 맞는 사람이야. 천생연분이라는 말을 이럴 때 써야 하나? 하하하.

감히 그의 사랑에 대해서 왈가왈부하지는 않겠다. 다만 내가 그에게 떨림과 흥분을 느끼지 못한다는 사실은 움직이지 못하는 진실이었다. 더 늦기 전에 되돌려야 할까? 일단 그이에게 내 마음을 솔직히 전해야 한다. 이미 결혼식장을 잡고 가까운 친지 친구들에게는 결혼 사실을 전했지만 청첩장을 돌리기 전에라도 '불안한 결혼'을 막아야 하겠지?

물론 100% 확신은 아니었다. 결혼하기로 마음먹었을 때가 60%의 확신이었다면 이번에는 그 반대 60%의 확신으로 결심을 되돌리려는 정도. 그러니 싱가포르 여행은 신혼여행에서 파혼여행으로 뒤바뀔지도 몰랐다.

슬픈 생각이 들자 왈칵 눈물이 솟아나려고 했다. 애써 눈물을 막고 다른 데로 관심을 돌리려고 애썼다. 그때 향긋한 냄새가 전해졌다. 향수인지 스킨 제품인지는 모르겠으나 남자의 향기임은 분명했다. 자주는 아니어도 한 번쯤은 맡아본 것 같은 향기.

주위를 둘러보았다. 수수께끼 같은 상황이 벌어졌다. 냄새가 전해질만 한 반경에 앉아 있는 남자는 한 명이 아니라 여럿이었다. 나는 타인들을 엿보면서 향기의 주인공을 찾아보았다. 얼굴을 보면서 몇몇을 제외시켰다.

먼저 아내와 함께 온 40대 중반 아저씨는 제외. 그의 아들로 보이는, 게임기에 열중하는 고등학생도 제외. 입을 반쯤 벌리고 졸고 있는 나이 지긋한 초로의 신사도 제외. 나는 일부러 기지개를 켜면서 일어났다. 괜히 서성거리면서 후보군을 압축시켰다.

유력한 후보는 두 명. 연인인지 신혼부부인지 모르겠지만 비슷한 또래의 여자와 꼭 붙어 있는 남자가 있었고 청바지에 흰색 면 티셔츠 차림으로 나에게 등을 보이고 앉아 있는 남자가 있었다. 둘 중 하나가 분명했다.

"준희야."

누군가 나를 불렀다. 소리가 난 쪽으로 고개를 돌려보았지만 내가 아는 얼굴이 없었다. 잘못 들었을 리는 없다. 분명하고 큰 목소리였으니까.

손을 들어 답을 한 사람은 내가 아닌 다른 사람이었다. 나의 후각을 사로잡은 향기의 주인공으로 짐작되는 흰색 셔츠의 사내.

"딱 맞춰서 오셨네요. 차장님."

나와 이름이 같은 사내는 그렇게 인사하며 몸을 일으켰다. 남자치고는 무척 하얀 얼굴에 얇은 입술, 높지도 낮지도 않은 코. 직모에 가까운 머리는 왁스나 젤을 바르지 않고 편하게 내렸다. 무게감이 느껴지던 뒷모습과는 달리 앳된 느낌의 청년이었다. 많이 봐야 스물대여섯쯤 되어 보이는.

잘 생겼다기보다는 깔끔하다는 표현이 어울리는 남자. 낯설지 않앉다. 그렇다고 알던 사이였을 리도 없다. 그러나 그의 모습은 마치 향수 냄새처럼 분명히 꼭 어디선가 마주쳤던 사람 같았다. 기시감과는 또 다른 무엇.

눈이 마주쳤다. 그의 시선은 정직하면서 노골적이었다. '나는 분명히 당신을 보고 있어요.'라고 말하는. 불과 2미터 남짓한 거리에서 낯선 사람을 그렇게 똑바로 오랫동안 바라보는 일은 흔치 않을 텐데. 시선을 거두지 못하는 쪽은 나도 그도 마찬가지였다. 묻고 싶었다.

당신도 우리가 알던 사이 같나요?

"4시 10분 대한항공 싱가포르행 탑승 시작합니다."

공항 직원의 안내멘트를 듣고서야 정신을 차렸다. 남자는 직장 상사로 보이는 중년 남성과 함께 게이트로 발길을 옮겼다. 비행기를 타기 위해 움직이는 사람들 속에서 나는 한참 동안 멍하니 서 있었다.

싱가포르 창이 공항에 도착했을 때는 늦은 밤이었다. 인천 공항만큼 크고 현대적이지는 않아도 깔끔하고 안락한 인상을 주는 공항이었다.

택시가 금방 눈에 띄지 않아 공항 택시를 이용했다. 검은색 구형 메르세데스 E 클래스 안에는 오래된 가죽 냄새가 났다. 요금에 바가지를 씌운 게 아닌가 싶을 정도로 많이 나왔다. 흑인도 아니고 동양인 같지도 않은 피부색을 가진 택시 기사는 운전하는 내내 영어로 이런저런 말을 많이도 했는데 영어를 별로 잘하지 못했던 나는 절반도 알아듣지 못했다.

숙소는 만다린 오리엔탈 호텔이었다. 신혼여행임을 고려해 넓은 방을 예약해놓았는데 혼자 있으려니 쓸쓸함만 더했다. 짐을 풀고 느긋하게 샤워를 했다. 그냥 자기가 아쉬워 미니바에서 칭다오 맥주를 한 캔 꺼내 마셨다.

자정이 조금 지난 시간에 침대에 누웠다. 푹신한 침구에 몸을 비비면서 눈을 감았다.

난감했다. 굳이 혼자 싱가포르까지 여행을 온 이유는 그이와의 관계, 우리 결혼에 대해 고민하기 위해서였다. 그러나 첫날밤부터 내 머리를 사로잡은 이슈는 엉뚱하고 사소한 무엇이었다.

그 남자는 누굴까?

공항에서 우연히 맞닥뜨린 남자가 궁금했다. 그의 나이, 이름, 직업이 궁금했다. 나를 그토록 오랫동안 응시했던 이유를 알고 싶었다.

그가 쓰는 향수 브랜드도.

다음날 호텔 레스토랑에서 아침 식사를 했다. 4층에 있는 레스토랑의 이름은 Melt. 싱가포르에 있는 수많은 호텔 중 최고의 조식이라는 블로거들의 평답게 음식의 종류도 맛도 훌륭했다.

성수기가 끝난 여름 끝자락인데도 레스토랑은 자리를 기다려야 할 만큼 많은 투숙객으로 붐볐다. 한국말도 곳곳에서 들렸다. 그중에서 혼자 밥을 먹는 사람은 나뿐이었다. 그이 생각이 났다. 어쩌면 우리는 여기서 함께 식사를 했을지도 모르는데. 같이 음식을 골라 담고 마주 보며 웃으며 시간을 보냈을지도 몰라.

사소한 사건이 운명을 가르는 것일까? 아니면 큰 흐름이 사소한 계기를 통해 모습을 드러내는 것일까? 우리가 함께 싱가포르에 왔다면 그이의 계획처럼 결혼하고 일찍 아이를 낳고 잘살게 되었을까? 아니면 언젠가는 지금처럼 이별을 고민하는 시간이 찾아왔을까?

넓은 창을 통해 보이는 밖에는 해가 쨍쨍했다. 붐비는 식당에서 디저트까지 챙겨 먹고 싶지는 않았다. 커피는 시내에 나가서 마셔야겠다고 생각하며 자리에서 일어나려는데 누군가 내 앞을 가로막았다. 고개를 들었다.

그였다. 청바지에 하얀 면 티셔츠 차림이었던 전날과 달리 그는 노타이에 검은색 양복을 입은 말쑥한 모습이었다. 전날과 같은 향기가 났다. 이름을 모르는 어떤 끌림.

나는 잠시 할 말을 잊었다. 그가 안녕하세요, 인사를 건네기 전까지.

"안녕하세요?"

나도 인사를 했다. 그가 물었다.

"혼자 오셨어요?"

"네."

"싱가포르는 처음이세요?"

"네."

그는 잠시 뭔가를 생각하는 듯했다. 내가 말했다.

"공항에서 뵀었죠?"

"네. 게이트 앞에서."

그렇다. 우리는 그냥 게이트 앞에서 우연히 눈이 마주친 사이일 뿐이었다. 굳이 이렇게 대화를 하지 않아도 되는. 아, 맞다. 우리는 이름이 같다. 나는 대단한 비밀이라도 알고 있는 것처럼 물었다.

"준희씨, 맞죠?"

"아닌데요."

"어? 잘못 들었나. 같이 오신 분이 이름을 부르는 걸 들었어요. 제 이름 하고 똑같다고 생각했었어요."

"제 이름은 희준입니다. 회사 선배들이 장난으로 이름을 거꾸로 부르기도 하지요."

아하. 고개를 끄덕였다. 이번에도 그는 정직하면서 노골적인 시선으로 나를 보았다. 고전적인 방식으로 데이트를 신청하는 목소리도 정직하고 노골적이었다.

"실례가 되지 않는다면, 오늘 저녁 식사를 같이 하고 싶습니다.

가이드를 해드리죠. 저는 싱가포르를 잘 아니까요."

정말 기억이 나지 않는다. 내가 대답을 하기까지 그 짧은 순간 동안 어떤 생각을 했는지. 한 가지는 분명했다. 한국에서의 일은 머릿속에 없었다. 이미 나는 멀리 와 있었다.

그날 밤 나는 비치드레스 풍의 원피스를 입고 나갔다. 그는 로비에서 기다리고 있었다. 약속한 시간인 저녁 7시에서 10분이 지난 시간이었다.

"많이 기다렸어요?"

잠시 나에게 시선을 두던 그는 고개를 내저었다. 그가 물었다.

"배고프세요?"

"아뇨. 그다지."

"잘 됐네요. 오늘 가려던 식당은 항상 사람이 많아서 좀 기다려야 하거든요."

"유명한 식당인가 보죠?"

"혼자 여행 오실 정도면 이미 인터넷으로 검색해보셨겠죠? 점보 식당이에요."

"처음 듣는 이름이에요."

"칠리크랩으로 유명한."

"아하. 칠리크랩. 다들 싱가포르에 왔으면 그건 꼭 먹어봐야 한다면서 추천하더군요. 식당 이름까진 외워오지 않았어요."

우리는 가벼운 대화를 나누며 호텔을 나섰다. 서울이 너무 더워서

일까? 열대 지방인 싱가포르의 밤은 생각보다 덥지 않았다. 그가 맨발로 신은 하얀색 스니커즈가 시원해 보였다. 발등이 참 희기도 했다.

호텔 앞에서 택시를 타자 그가 자연스러운 영어로 목적지를 말했다. 에어컨을 세게 틀어놔서 팔에 소름이 오소소 돋았다. 어떻게 눈치챘는지 그는 기사에게 에어컨을 낮춰달라고 부탁했다.

물어보고 싶은 말이 많았으나 참았다. 택시 안에서 그런 대화를 나누기 싫어서였다. 그는 미소 띤 얼굴로 차창 밖을 보고 있었다. 해 맑은 얼굴이 천진난만하기까지 했다.

소년 같아. 도대체 몇 살일까? 직장 생활을 하니 최소한 스물다섯은 넘었을 텐데.

"낮에는 어디 다녀오셨어요?"

그가 고개를 돌리고 물었다.

"유니버설 스튜디오를 다녀왔어요."

"재미없죠?"

이런 식의 직설적 대화법에 익숙하지 않았던 나는 허를 찔린 기분이었다.

"생각보다 별로였어요."

"놀이기구는 탈만 한 게 몇 가지 있는데 혼자 가셨으니 뭐. 차라리 잘 됐어요."

"뭐가요?"

"재미없는 데를 누나 혼자 다녀왔으니까요. 좋은 곳은 저랑 다니면 되잖아요."

누나? 지금 누나라고 했니? 내 나이를 어떻게 알고?

빤히 쳐다보는 내 시선의 의미를 알아차린 그가 빙긋 웃으며 말했다.

"누나 아니에요?"

"여자한테 그런 식으로 나이를 넘겨짚는 일, 실례에요."

"그럼 사과할게요. 제가 워낙 어려서요."

"희준씨는 몇 살인데요?"

"스물여섯이요."

그랬구나. 그럼 누나라고 불러도 할 말이 없지.

이번에는 그가 나를 빤히 바라보았다.

"뭘 그렇게 봐요?"

"제가 나이를 말했으면 누나도 나이를 말해줘야죠. 제가 맞춰볼까요?"

나는 고개를 끄덕였다.

"스물일곱?"

재치 있는 농담에 소리 내어 웃고 말았다. 나도 안다. 딱 내 나이로 보인다는 사실을.

"서른이에요. 무려 네 살 차이니까 누나가 말 놔도 불만 없지?"

내가 어떻게 그런 과감한 제안을 불쑥 했는지 모르겠다. 그는 싱글거리는 미소를 잃지 않고 엄지손가락을 치켜들었다.

"네 누나!"

점보 레스토랑은 그림처럼 아름다운 전경을 지닌 식당이었다. 도시 안에 들어와 있는 항구 주변으로 오래된 건물이 병풍처럼 둘러쌌다. 은은한 가로등이 물결을 비추고 건물 벽을 물들였다. 물을 가로지르는 고풍스러운 다리 건너편에는 동화에서나 나올 것 같은 예쁜 집들이 시선을 빼앗았다.

"저기가 클락키 거리에요. 이따 식사하고 걸어요."

희준이 손가락으로 다리 건너편을 가리키며 말했다. 나도 모르게 들떠서 여러 번 고개를 끄덕였다.

식당 앞에서 기다리고 있는데, 걱정했던 만큼 오래 걸리지 않고 자리를 안내받았다.

"제가 알아서 시킬까요?"

나는 손가락으로 오케이 사인을 만들어 보였다. 그는 능숙하게 주문을 하고는 나를 보며 씩 웃어 보였다. 소년 같은 미소는 어느새 그의 트레이드마크처럼 각인되었다.

야외 테이블이어서 산들산들 불어오는 바람이 아주 그만이었다. 그 바람에 문제의 향수 냄새가 실려 왔다.

"향수 이름이 뭐야?"

"아, 거슬리나요? 그렇게 많이 안 뿌렸는데."

"아니. 그냥 궁금해서."

그는 좀 더 활짝 웃었다. 그러더니 답을 알려주었다.

"드라카 느와(Drakkar Noir)."

처음 들어보는 향수 이름이었다. 하긴 내가 아는 향수 이름이 몇 개나 되겠는가? 그는 내 반응을 살피는 것 같았다.

"잘 모르는 향수네. 향은 익숙한데."

"그렇죠. 옛날에 유행한 향수에요."

"나이도 어린데 왜 옛날에 유행하던 향수를 뿌려?"

그는 대답 없이 내 얼굴을 참 빤히도 쳐다본다.

"넌 어쩜 그렇게 사람 얼굴을 면전에서 보니?"

"좋아서요."

좋아서요. 그 말에 뭐라고 덧붙이지 못했다. 그의 시선도 불편해졌다. 의심이 가는 단계에까지 이르렀다. 나를 얼마나 봤다고 덥석 좋다는 말을 꺼낼까? 이 아이는 그냥 가벼운 바람둥이일 뿐인가? 시선이 마주치면 말을 걸고 호감을 사는 식의?

주문한 음식이 나왔다. 희준은 친절하게 먹는 법을 가르쳐 주었다. 칠리크랩은 기대했던 맛 이상이었다. 살짝 매콤하면서 달달한 소스에 비벼 먹는 볶음밥도 일품이었고, 거기에 곁들인 코로나 맥주도 좋았다. 슬쩍 불쾌해졌던 기분이 절로 풀어졌다. 완벽한 식사였다.

식사를 마친 우리는 다리를 건너 클라키 스트리트로 향했다. 상쾌한 바람이 계속 불었고 드라카 느와의 달콤한 향도 여전했다.

화려한 레스토랑과 바, 그리고 아기자기한 식당과 클럽까지, 나이트 라이프를 위한 모든 장소가 밀집해있는 곳이었다. 돔 모양으로 거리 위를 가로지르는 천장부터 바닥 곳곳에 설치된 조명과 분수도 눈을 즐겁게 했다.

"맥주 한 잔 더 할 수 있죠?"

그의 물음에 고개를 끄덕였다. 그는 이번에도 야외에 마련된 테이블로 나를 이끌었다. 생맥주를 한 잔씩 시켜 마셨다. 우리 앞으로는 관광객들이 쉴 새 없이 지나갔다. 조금 떨어진 곳에 있는 클럽에서 흘러나오는 음악이 심장박동처럼 쿵쿵 울렸다. 고개만 들면 초고층 빌딩으로 유명한 싱가포르의 화려한 야경이 보였다. 외국에 나간 경험이 별로 없던 나는 속절없이 이국의 정취에 젖어버렸다.

"고마워."

"뭐가요?"

"맛있는 식사와 술. 이렇게 멋진 곳에 데려와 줘서."

"별말씀을. 내일도 기대해요."

내일 만나기로 약속을 한 것도 아닌데 그는 선수를 쳤다. 그런데도 불쾌하지 않았다. 나도 모르게 불쑥 말이 나왔다.

"너, 바람둥이니?"

"네?"

"능수능란해서."

그는 무슨 말인지 모르겠다는 표정으로 나를 보기만 했다.

"그냥 그런 생각이 들었어. 밥을 먹을 때도 그렇고 지금도 그렇고. 내일 약속도 너무나도 자연스럽게 잡아버리고. 여자를 참 잘 다루는 것 같아."

그는 소리 내어 웃었다.

"여자를 참 잘 다룬다. 그런 말 처음 들어봐요. 저 그렇지 않아요. 누나를 만나서 그래요. 신이 나서."

참 사람 맥 풀리게 하는 재주가 있구나. 나를 만나서 신이 난다고? 우리는 가볍게 건배를 했다. 그리고 한잔 더.

호구조사 격의 대화를 잠시 나누었다. 그는 LG 상사 직원이었다. 고등학교 때 기흉 수술을 받아서 군대는 면제. 스물여섯 살인데도 2년 차 직장인이었다. 집은 혜화동이라고 했다.

나와는 별 공통점이 없는 프로필이었다. 좀 특이한 부분도 있었다. 원래부터 무역 일을 하고 싶었냐는 질문에 그는 엉뚱한 대답을 했다.

"아빠가 피아니스트셨어요. 유명한 사람은 아니고, 가난한 피아니스트. 엄마는 그런 아빠를 사랑하면서도 아들인 제가 아빠처럼 되기는 끔찍이도 싫어했죠. 먹고 살기 힘들다고. 엄마가 생계를 꾸리시느라 평생 힘드셨거든요. 어릴 때는 아빠한테 피아노를 배우는 게 좋아서 나도 피아니스트가 되고 싶었는데. 저도 나이가 드니 음악으로 먹고사는 게 까마득하기도 하고. 결국 경영학과를 졸업하고 지금 회사에 취직했죠."

"그럼 피아노 잘 치겠네?"

"어느 정도는요. 사실 고등학교에 올라오면서는 기타에 빠져서 피아노보다는 기타가 더 익숙해요. 그것도 안친 지 몇 년 됐네요."

피아노나 기타는 나하고 거리가 먼 취미였다. 초등학교 저학년 때까지 다른 아이들 흉내 내듯 피아노 학원을 다니다 그만두었으니. 어릴 때 살던 집 옆집에서 그렇게 피아노를 쳐댔던 기억이 난다. 시도 때도 없이 울리는 피아노 소리가 너무 불쾌해서 피아노를 더 싫어하게 되었는지도 모르겠다.

나 역시 그의 질문에 선선히 대답해주었다. 집은 홍대 앞. 간호대학을 졸업하고 7년 동안 병원을 다니다가 나왔다. 현재 상황은 백수. 곧 다른 일을 시작할 예정이다. 그가 물었다.

"병원은 왜 그만뒀어요?"

"지쳐서."

"지쳐서? 그게 전부에요?"

"다른 간호사들이 들으면 웃을지도 모르겠다. 나는 적당히 병원을 다니기가 힘들었어. 쉽게 넘어가야 할 일은 쉽게 넘어가야 했는데 그게 잘 안 되더라. 환자한테도 지나치게 몰입했고 같이 일하는 사람들하고 트러블도 있었어. 제풀에 지쳐서 나가떨어진 셈이지."

"말하자면 너무 투철한 간호사였던 셈인가요?"

"아주 좋게 말해준다면, 그랬을지도 모르지."

희준은 빙긋 웃어주며 또 건배를 청했다. 맥주는 청량감을 오래 유지하면서 기분 좋게 넘어갔다. 생맥주를 한 자리에서 세 잔째 마시는 일은 처음이었다. 술에 취하면서 본능적인 경계심이 발동했으나 싱가포르의 야경은 너무 매혹적이었다. 그리고 소년 같은 미소도 못지않게 눈부셨다.

그는 이번에도 나를 빤히 보며 싱글벙글 웃고 있었다. 나는 술김이 아니었다면 하지 못했을 솔직한 질문을 퍼부었다.

"야 이희준. 너 왜 그래? 내가 좋아서 그렇게 나를 본다고? 나랑 있어서 신이 난다고? 우리 처음 보는 사이잖아. 넌 그렇게 쉽게 사람이 좋아지고 쉽게 신이 나? 내가 쉬워 보여?"

그날 처음으로 희준의 얼굴이 어두워졌다. 그는 느리게 고개를 내저었다.

"아니에요."

"왜? 뭐가 아닌데?"

"정말 모르겠어요?"

그러면서 나를 보는 눈빛이 너무 해맑아서 가슴이 쨍 아팠다.

더 이상 술을 마시면 실수를 할 것 같았다.

"누나 많이 취했어. 들어가자."

그는 순순히 자리에서 일어났다. 살짝 어지럽긴 했으나 걸음이 흔들릴 정도는 아니었다. 희준이 슬쩍 내민 팔짱을 끼고 걸었다.

수다스럽게 대화를 나누던 우리는 어느새 과묵한 커플로 변했다.

택시를 타고 호텔로 돌아오는 내내 한마디도 하지 않았다. 겁이 났다. 대책 없이 끌리는 느낌이. 이런 적이 처음이었기에 더 무서웠다.

플레이보이로 오인할 만큼 술술 대화를 풀어나가던 희준은 왜 갑자기 말이 없어졌을까? 그 아이는 아예 내 쪽으로 고개를 돌리지 않았다.

택시에서 내려 호텔로 들어가는 동안, 우리는 어느새 손을 잡고 있었다. 가볍게 잡은 손이 아니었다. 손바닥에 전해지는 남자의 힘과 체온을 느끼면서 나는 반대로 스르르 힘이 빠져 버렸다. 아, 신음소리가 흐르지 않도록 입을 꼭 다물었다.

희준은 내 방 앞까지 손을 꼭 잡고 함께 왔다. 방문 앞에 이르러서야 손을 놓고 나를 마주 보았다. 우리는 너무 가깝게 서 있었다. 뒤로 물러나고 싶었으나 이미 내 등은 문에 붙어 있었다.

"누나."

나보다 한참 키가 컸던 희준의 턱이 내 이마에 닿을 듯했다. 나는 입을 열었지만 말이 나오지 않았다. 희준이 천천히, 또박또박 말했다.

"들려요?"

"뭐가?"

"마음의 북소리가요. 둥둥둥."

맙소사. 눈앞이 하얘지는 기분이었다. 1초가 1분처럼 느리게 흘렀다. 순간순간의 감정이 증폭되어 뇌리에 새겨졌다. 호텔 복도가 꿈틀꿈틀 살아 움직였다. 바닥에 깔린 양탄자의 붉은색이 지독하게 빨갛다.

넌 어쩜……

늦잠을 잤다. 서둘러 내려가면 호텔 조식을 먹을 수 있는 시간이었는데 부글거리는 속 때문에 내키지가 않았다. 해장국이라도 있으면 모를까.

목욕을 했다. 욕실이 마음에 들었다. 내가 좋아하는 진저향의 어메니티들이 있었고 욕조에 풀면 좋은 사해 소금도 넉넉했다. 따끈한 물을 받아놓고 몸을 담갔다. 바짝 긴장했던 전날 밤의 기운이 물에 녹아 풀어지는 기분이었다. 손과 발끝에도 나른한 느낌이 감돈다.

―난 오빠하고 함께 목욕할 때가 제일 좋아. 비록 흔하디흔한 모텔의 욕조라도 행복감을 느끼기엔 충분해.

벌써 10년 전, 한창 연애 중이었던 연이가 했던 말이 문득 떠올랐다. 오빠의 어디가 그렇게 좋냐는 내 질문에 대한 답이었다.

―물속에서 서로 몸을 만져주면 얼마나 기분이 좋은 줄 아니? 오빠의 아픈 다리가 그렇게 이뻐 보일 수가 없어. 욕조에 있을 때면 오빠는 나를 뒤에서 안고 있는 걸 좋아해. 그럼 나는 내 다리에 겹쳐 있는 오빠의 다리를 천천히 만져주지. 그것만으로도 충분해. 너무 행복하다고.

겨우 스무 살 숙맥이었던 나는 연이가 미쳤다고 생각했다. 나쁜 오빠를 만나 타락한 길에 빠졌다고 걱정했더랬다. 지금 돌아보면 참 예쁜 모습이었는데.

참 이상한 일이다. 그 말을 들은 뒤로 나는 목욕을 할 때면 자꾸 연이와 연이 오빠의 벗은 몸이 떠올랐다. 뒤에서 여자를 끌어안은 남자, 그리고 그 남자의 불편한 다리를 어루만지는 여자, 그들을 감싼 물. 따뜻한.

음악이 있었으면 좋겠다는 생각을 했다. 클래식은 잘 몰랐고 팝이나 가요를 가끔 듣는 정도였지만 뭐라도 음악이 있으면 기분이 더 좋을 듯했다. 나는 생각나는 대로 콧노래를 흥얼거려보았다. 가로수 그늘 아래 서면. 이문세의 노래.

어젯밤 희준은 더 이상 다가오지 않았다. 뺨에 와 닿는 까칠한 수염의 느낌, 그리고 나만 간직하고 있던 비밀의 말, 혹은 주문.

둥둥둥 마음의 북소리.

그는 잘 자라는 말을 남기고 돌아섰다. 나는 다음 날 아침인 지금까지도 태어나서 처음 맞닥뜨린 감정의 파도에 맥을 못 추고 있다.

넌 어쩜 그런 표현을 쓰니? 내 머릿속에 들어와 봤니?

혼란스러웠다. 그의 미소가, 향기가 나의 감각을 떠나지 않았다.

긴 목욕을 마치고 나왔다. 넓은 타월로 몸을 닦고 있는데 누군가 문을 두드렸다. 나는 급히 가운을 걸쳐 입고 물었다.

"헬로우?"

"저에요. 희준."

어떡하지? 이런 차림으로. 당황한 나는 이러지도 저러지도 못하고 서 있었다. 다시 노크 소리가 들렸다.

"무슨 일 있어요?"

가운 가슴께를 여미고 문을 열었다. 그는 넥타이까지 조여 맨

단정한 수트 차림으로 서 있었다. 양복을 입은 그에게서는 성숙한 남자의 분위기가 풍겼다.

"엇. 샤워 중이셨나요? 죄송해요."

"아냐. 막 마치고 나온 뒤였어. "

"어제 술 많이 드신 것 같아서요."

그러면서 희준은 뭔가를 불쑥 내밀었다. 한국 컵라면이었다. 내가 가장 좋아하는 해장 음식.

"저녁에 봐요. 일곱 시에. 로비에서 기다릴게요."

나는 아무 말도 하지 않았다. 나 스스로도 그의 제안을 받아들였는지 아닌지를 몰랐다.

"미팅이 있어요. 그만 가볼게요."

그는 눈을 맞추고 인사한 뒤 몸을 돌렸다. 문을 닫은 나는 침대에 털썩 주저앉았다. 커다란 거울 속에 한 여자가 있다. 젖은 머리만큼이나 마음도 젖어 버린.

어쩌려고.

커피포트에 물을 끓였다. 라면에 물을 붓고 기다리는 동안 옷을 갈아입었다. 반바지와 티셔츠 차림으로 베란다에 나갔다. 화창한 날씨였다. 적당하게 구름이 머무는 파란 하늘 아래 컵라면을 먹는다.

다른 생각을 하려고 애썼지만 자꾸만 마음이 출렁거린다. 묻고 또 묻는다.

너 누구니?

오후에는 호텔 수영장에서 시간을 보냈다. 야외 수영장은 무척 넓고 청결했다. 깊이와 모양이 다른 여러 개의 풀이 모인 형태였다. 탁 트인 사방으로 싱가포르 시내의 모습이 보였다. 손을 뻗으면 푸른 하늘을 잡을 것만 같은 착각이 들었다. 풀 주변으로는 선탠 배드와 카바나가 넉넉했다. 하얀 커튼으로 장식된 카바나를 빌려서 쉬었다. 쉬다가 무료해지면 수영을 하고 눕고 싶으면 다시 카바나로 돌아가서 쉬고.

나는 미루고 있었다. 생각도 고민도. 그냥 시간이 흐르기를 바랐다. 돌체 비타(Dolce Vita)라는 이름의 수영장에서 오후 내내 머물렀다.

저녁 여섯 시가 되어서야 방으로 돌아가 옷을 갈아입었다. 고를 옷이 몇 벌 없었다. 혼자 보내는 휴가라고 생각하고 옷을 몇 벌 가져오지 않았다. 무릎길이로 내려오는 흰색 원피스를 택했다. 옅게 화장을 하고 귀걸이도 달지 않았다. 더 꾸밀 것도 없는데도 자꾸 거울을 보았다. 결국 목이 너무 허전한 것 같아 목걸이를 하나 두르고서야 방을 나섰다.

누군가를 만나기 전 이렇게 오래 거울을 들여다본 일이 언제였던가.

약속 시간보다 몇 분 일찍 내려갔다. 희준이 기다리고 있었다. 베이지색 면 반바지에 검은색 반팔 남방차림. 은은하게 감도는 드라카느와의 향은 여전했다. 그는 나를 보자마자 다가와서 손을 잡았다.

"고마워요."

"뭐가?"

"대답을 안 했잖아요. 오늘 만나자는 말에. 안 나올까봐 걱정했어요."

우리가 간 곳은 차이나타운이었다. 관광지이면서 동시에 싱가포르 현지인들이 자주 찾는 장소라고 했다. 몇 블록에 걸쳐서 재래시장과 다채로운 식당이 모여 있었다. 소리 높여 떠드는 사람들의 목소리와 가게에서 흘러나오는 음악 소리가 섞여 들렸다.

그는 이번에도 야외 테이블에 자리를 잡고 알아서 음식을 시켰다. 별로 말을 많이 하고 싶지 않았던 나는 무슨 음식인지 묻지도 않고 식사를 했다. 그는 내 눈치를 보더니 식사가 끝나갈 때쯤 조심스럽게 물었다.

"무슨 일 있어요?"

"미안. 그냥 머리가 좀 복잡해서."

"저한테 말하고 싶으심 그래도 되요."

"아니야. 괜찮아."

"그럼 이것저것 물어봐도 돼요? 누나한테 궁금한 게 많아요."

나는 긍정도 부정도 하지 않았다.

니가 무서워. 이렇게 겁 없이 다가올 때면 어쩔 줄을 모르겠다고.

"원래 꿈이 간호사였어요?"

"왜? 안 어울려?"

"아니요. 간호복 입은 모습을 보고 싶어요."

나는 피식 웃고 말았다.

"진심인데."

"변태 같잖아. 야동에 간호사들이 그렇게 많이 나온다면서."

"간호사에 대해 남자들이 성적인 판타지가 있긴 하죠."

"사실 처음부터 간호사가 되고 싶은 건 아니었어."

"그런데요?"

"글을 쓰는 사람이 되고 싶었어. 소설도 좋아하고 영화도 좋아했으니까."

"전 그런 쪽은 잘 몰라요. 소설도 영화도. 작가라고 해봤자 신경숙이나 공지영, 황석영처럼 아주 유명한 사람들만 알 정도죠."

"고등학교 때까진 그랬어. 그런데 글을 써서는 먹고 살기가 힘들다는 걸 알았지. 그래서 고민 끝에 간호학과를 갔어. 뭔가 생계를 유지할 직업이 있어야 되겠다 싶어서. 일을 하고 남는 시간에 글을 쓸 수 있으리라 생각했어. 순진했지. 병원 일이 끝나면 녹초가 되어버려서 글은커녕 다른 생각을 할 여유도 안 생기더라."

"잘 됐네요."

"뭐가?"

"병원 그만두셨다면서요. 이제 글 쓰시면 되겠네요."

안 그래도 나는 필동에 있는 영상작가 교육원에 다니고 있었다. 그것까지는 얘기해주지 않고 그냥 고개만 끄덕이고 말았다.

"글은 잘 모르지만 누나가 쓴 글 보고 싶어요."

"아직은 습작 단계야."

"소설이나 영화 나오면 꼭 보여주세요."

"그럴게."

"간호복 입은 모습도요."

나는 웃음을 터뜨리고 말았다. 딱딱하게 뭉쳐 있던 기분이 풀어졌다.

"남자친구 있어요?"

그가 물었다. 이번만큼은 장난기 어린 미소 없이 진지한 표정이었다. 나는 대답 대신 천천히 고개를 끄덕였다. 그의 눈가가 파르르 떨렸다. 그리고 어색한 침묵이 흘렀다. 나는 괜히 주변을 둘러보았다. 구름이 많아서 밤하늘에는 별과 달이 보이지 않았다. 그는 여전히 내 얼굴에서 시선을 떼지 않은 채 말이 없었다.

"너는? 여자친구 있니?"

"아니요."

"왜 그런 표정이야? 남자친구 없으면 누나랑 사귀기라도 하려고?"

"사귀고 싶어요."

그렇게 진지한 남자의 눈은 처음 보았다. 입안이 말라왔다.

너는 왜 항상 내가 예상하지 못한 말을 하니?

"누나를 계속 만나고 싶어요."

"지금도 만나고 있잖아."

"한국에 돌아가서도요."

"그래. 넌 좋은 사람 같아. 누나 동생으로……"

"싫어요. 그런 사이."

막혔다. 나는 실어증에 걸린 사람처럼 더 이상 대화를 잇지 못하고 할 말을 찾고 있었다. 일단은 솔직해져야 한다고 생각했다.

"지금 만나는 사람, 결혼 얘기까지 나온 사이야."

"결혼한 건 아니잖아요. 누나가 결혼했다 하더라도 만나자고 했을지 몰라요."

"너 원래 이러니?"

"이러다니요?"

"잘 알지도 못하는 여자한테 이렇게 대시하는 일 말이야."

"전 누나를 잘 알아요."

"우린 겨우 이틀 만났을 뿐이야."

"만난 시간이 중요한가요? 이미 북소리를 들었잖아요."

그 말은 암호와도 같았다. 나를 무장해제 시키는 암호. 오직 나만 간직해 온 표현이라고 생각했는데.

"누나는 제가 싫어요?"

"너를 잘 모르겠어."

"알려주고 싶어요. 그러니 기회를 줘야지요."

그때였다. 갑자기 비가 쏟아졌다. 사람들은 이런 식의 소나기에 익숙한 듯 여유 있게 행동했다. 허둥대지 않고 천천히 자리를 떴다.

"이제 들어가자. 좀 피곤하기도 하고."

"그래요."

그는 내 손을 잡고 복잡한 골목을 걸어 큰길로 나갔다. 소나기치고는 빗줄기가 굵었다. 비가 올 줄 모르고 입은 흰색 원피스가 흠뻑 젖어버렸다. 입고 있는 속옷이 대책 없이 비쳤다. 바보 같은 옷 선택에 화가 났다.

택시를 타고 호텔로 돌아가는 내내 그는 내 손을 잡고 있었다. 나는 손을 빼지 않았다. 차창으로 비에 젖은 싱가포르의 야경이 스쳐 지나갔다.

"내일도 저녁 함께해요."

"모르겠어."

"할 말이 있어요."

"지금 하면 안 되니?"

"피곤해 보여서요. 이야기가 길어질 수도 있어요."

"그래. 그럼 같은 시간에 보자."

오래 걸리지 않아 호텔에 도착했다. 엘리베이터를 탔다. 내 방이 있는 11층에서 문이 열렸다. 희준은 이번에도 방 앞까지 에스코트해주려고 했으나 내가 거절했다.

"오늘은 혼자 들어갈게."

그는 이유를 묻는 표정으로 나를 쳐다보았으나 나는 대답해주지 않고 엘리베이터를 나갔다. 그는 따라오지 않았다. 나도 뒤돌아보지 않았다.

다시 혼자만의 방. 샤워를 하고 침대에 누웠다. 몸은 피곤한데 잠은 통 오지 않았다. 그이에게 전화를 걸었다.

"준희구나. 잘 지내고 있어?"

그는 기분 좋은 목소리로 전화를 받았다. 나는 건강하게 잘 지내고 있다고. 잘 먹고 잘 자고 혼자 수영도 하고 돌아다녔다고 했다.

"저녁은 먹었어요?"

"지금 회식 중이야."

"그렇군요. 그럼 이만 끊을게요."

"모레 도착이지? 공항으로 배웅 나갈 수 있겠다."

"그러지 않아도 돼요. 바쁠 텐데."

"시간이 가능해. 상의해야 할 일도 많고. 기다릴게. 도착하는 대로 전화해."

"알겠어요. 그럴게요."

전화를 끊고 한참을 울었다. 침대에 앉아서 무릎에 얼굴을 파묻고. 이유가 불분명한, 짙은 안개 같은 슬픔이 나를 감쌌다. 혼자 있는 호텔 방만큼 울기 좋은 장소가 없음을 그때 알았다.

눈물이 그치고도 잠은 오지 않았다. 어차피 알아듣지 못하는 TV를 켜서 이리저리 채널을 돌렸다. 유일하게 익숙한 화면이 나왔다.

영화 〈첨밀밀〉이었다. 한국어 자막은 없었지만 영화가 끝날 때까지 눈을 떼지 않고 보았다. 신기하게도 배우들이 하는 말을 알아듣는 착각이 들었다.

미안해. 힘들어. 가지마. 슬프다. 기쁘다. 가슴이 아파. 반가워. 눈물이 나. 그리워. 행복해. 사랑해.

여명과 장만옥의 감정은 언어의 장벽을 넘어 전달되었다. 누구나 느낄 수 있는 햇살처럼, 누구나 적셔버리는 비처럼.

싱가포르에서 세 번째 날. 다음날 오후 비행기로 출발하는 일정이 었으니, 어쩌면 마지막 날이었다. 낮에는 싱가포르의 유명한 쇼핑센터 두 곳을 돌았다. 다리가 뻐근할 정도로 걷고 또 걸었다. 얼마나 많은 가게를 헤매고 다녔는지 몰랐다. 그런데도 오후가 되도록 두 손은 텅 비어 있었다.

물건을 고를 마음이 애초부터 없었다. 내 정신은 온통 다른 곳에 팔려 있었으니.

그는 할 말이 있다고 했다.

무슨 말일까? 남자친구와 헤어지고 자기를 만나자고 떼를 쓰려고? 아니면 양다리를 걸치라는 제안? 같이 자자는 말이라도 할 셈인가?

결국 하루 종일 산 것은 그날 저녁에 입을 원피스 한 벌, 그리고 그이에게 선물할 넥타이 몇 개, 연이가 부탁한 육포가 전부였다. 방으로 돌아와서 새로 산 옷을 입고 로비로 내려갔다. 약속시간보다 30분이나 이른 시간이었다.

로비 소파에 앉아서 희준을 기다렸다. 체크 인, 체크아웃을 하는 손님들로 붐볐다. 서양인, 동양인, 가족, 연인, 노부부, 친구들, 다양한 사람들이 내 앞을 스치고 지나갔다. 나는 잠시 사람의 인연에 대해 생각했다.

우리는 왜 누군가와 관계를 맺는가. 왜 그를, 그녀를 사랑하고 증오하는가. 보고 싶은 마음, 함께 있고 싶은 마음은 어떤 메커니즘으로 생겨나는가?

답이 없는 질문만 던지고 있는데 희준이 나타났다. 그는 흰 와이셔츠에 노타이 차림의 정장을 입었다. 며칠 째 그의 얼굴에 감돌던, 약간은 들뜬 흥분은 사라지고 없었다. 어딘가 비장해 보이기까지 한 표정. 내 앞으로 다가온 그가 인사를 건넸다.

"예뻐요. 옷도, 누나도."

이렇게 매번 허를 찌르는 말을 하기도 쉽지 않을 텐데.

호텔 밖으로 나갔다. 그는 실내 레스토랑으로 나를 안내했다. 정복을 입은 피아니스트가 직접 연주하는 음악이 흐르는 고풍스러운 스테이크 하우스였다. 중국인으로 보이는, 나비넥타이까지 맨 피아니스트는 뚱뚱한 체구와 어울리지 않게 섬세한 연주를 들려주었다.

하얀 테이블보가 깔린 테이블에 마주 앉아서 주문한 스테이크를 기다렸다. 가벼운 대화를 나누었다. 이를테면 만다린 오리엔탈 호텔에 관한 이야기. 수영장이 참 좋더라는 말에 그는 동감하며 덧붙였다.

"이번 출장은 너무 바빠서 낮에 통 시간이 안 났지만 싱가포르에 올 때면 항상 이 호텔에 묵고 수영장에 들르곤 했어요. 내일은 낮에 시간이 좀 나서 가볼 생각이에요. 누나는 없겠지만."

"수영하기도 좋고 쉬기도 좋더라. 뭐랄까, 소생하는 기분이었어."

"돌체 비타(Dolce Vita). 생명의 샘이라는 뜻이잖아요."

그런 뜻이었구나. 생명의 샘. 수영장 이름치고는 참 근사하다는 생각이 들었다.

그는 내일모레까지 일을 보고 다음날 한국으로 돌아갈 예정이라고 했다. 우리는 핸드폰 번호를 서로 교환했다. 서울에 가면 연락하겠다며 번호를 달라는데 굳이 거절할 이유가 없었다.

스테이크가 나왔다. 천천히 식사하던 중 내가 물었다.

"하루 종일 궁금했어. 할 이야기가 무엇인지."

"식사 다 한 다음에 이야기하면 안 될까요? 와인과 함께."

그의 말대로 스테이크를 다 먹고 와인을 주문했다. 큼직한 와인잔을 쨍, 건배하고 한 모금을 마신 뒤에야 그는 입을 열었다. 그때까지만 해도 나는 짐작도 하지 못했다. 우리의 인연을.

"잠깐 화장실 좀 다녀올게요."

그는 자리를 떴다. 나는 와인을 한 모금 마시고 식당 안을 둘러보았다. 갈색 피부를 가진 말레이 인종, 비교적 하얀 피부를 가진 중국인, 백인도 꽤 있다. 다양한 인종이 섞여 사는 싱가포르임을 고려하면 대부분 현지인 손님으로 보였다. 아무래도 나 같은 관광객은 자연스럽게 보이려고 해도 티가 난다. 여러분 모두 안녕. 은은하게 감도는 레몬 향도, 피아노 연주도 모두 안녕. 평생 다시 올 일이 없겠지. 이 식당은 물론이고, 싱가포르에도. 그런 생각을 하니 문득 쓸쓸해졌다.

잠시 정처 없는 잡념에 빠져 있던 나는 귀를 의심했다. 레스토랑 한쪽 구석에서 들리는 피아노 소리 때문이었다. 재즈풍의 연주를 끝내고 새로 시작한 곡이 나를 홀렸다.

"왜 그렇게 멍하니 있어요?"

화장실에서 돌아온 희준이 물었다. 나는 혼란스러운 기분을 이기지 못하고 중얼거렸다.

"나 이 음악을 알아. 이 멜로디."

준희는 맞은편에서 조용히 나를 응시하고 있었다. 나는 그제야 오래전 기억을 떠올렸다.

"맞아. 그저께 클락키 거리에서 술 마실 때 내가 얘기했잖아. 어릴 때 우리 옆집에서 피아노를 많이도 쳤다고 말이야. 그때 들었던 연주야. 이런저런 곡을 연습했는데 바로 이 음악을 제일 자주 연주했어. 하루에 한 번씩은 들었던 것 같아. 그것도 꼭 저녁 시간에. 차라리 늦은 밤이었다면 항의라도 했을 텐데, 애매하게도 저녁 식사 시간 즈음에 꼭 이 곡을 쳤지."

"쇼팽이에요."

그렇게 말하는 희준의 목소리가 떨렸다.

"쇼팽의 야상곡. 그중에서 20번."

"그렇구나. 매번 들으면서도 누구 곡인지 몇 번인지 그런 건 몰랐어."

"중요하지 않아요. 멜로디를 기억하고 있다는 사실이 중요하죠. 결국 우리 인생은 기억의 무덤이잖아요."

"갑자기 왜 진지해지고 그래?"

"쇼팽의 야상곡도 제 이야기의 일부니까요. 이 연주, 제가 미리 부탁했어요."

그는 피아노 음률처럼 섬세한 목소리로 이야기를 시작했다.

소년의 고백

오래전, 화곡동 미성아파트에 한 소년이 살았다. 씩씩한 듯 보이면서도 내면 한구석은 터무니없는 감성을 품은 소년.

소년은 중학교 3학년 때 첫사랑을 만났다. 상대는 옆집에 살던 누나. 그보다는 4살이 더 많은 누나는 대학교 1학년이었다. 누나와 함께 엘리베이터라도 타는 날이면 횡재를 한 듯 기뻤다. 누나의 옷 입는 습관, 머리 모양, 화장품 냄새, 모든 것이 소년을 설레게 했다. 아파트 생활이 다들 그렇듯 가끔 마주치면서 얼굴을 보는 게 고작이었다. 그런데도 소년은 대책 없이 누나를 좋아하게 되었다.

소년은 하루에도 몇 번씩 누나와 사귀는 상상을 했다. 어느 날부터는 누나를 생각하며 자위를 했다. 상상 속에서 누나를 발가벗기고 입을 맞추고 가슴을 만지고 몸 안으로 들어갔다.

소년은 쇼팽을 좋아했다. 특히 20번 녹턴은 그가 한 음도 틀리지 않고 외워서 치는 곡이었다. 상상의 침실에서 누나를 범한 다음 날이면 그는 피아노 연주로 용서를 구했다. 전날 밤 정사의 격렬함에 비례해서 그의 연주도 애잔한 감정이 실렸다. 벽 하나를 사이에 둔 누나에게 들리기를 바라면서 그는 건반을 두드렸다.

일종의 의식처럼, 소년에게는 경건하기까지 한 행위였다. 되풀이되는 특별한 행동은 누나의 존재를 더 신비스럽게 만들었다. 막상 당사자인 그녀는 아무것도 모르고 있었지만.

소년은 알았다. 여대생 누나가 여드름투성이 중학생을 만나줄 리 없다는 사실을. 실상 소년은 누나에게 소리 내서 인사를 건넨 적조차 없었다. 그래도 상상과 기대는 멈추지 못했다. 감정이 깊어갈수록 괴리감도 점점 커졌다. 결국 소년은 하지 말아야 할 행동을 하고 말았다.

소년과 누나의 집은 1층에 나란히 이웃하고 있었다. 어느 여름밤, 누나의 집이 비었음을 확인한 소년은 베란다 창을 통해 누나의 집으로 들어갔다. 명백한 무단 주거침입이었으나 소년은 그런 사실을 인지하지 못했다.

누나의 방은 그가 쓰는 방과 구조가 똑같은, 평범한 세 평짜리 방이었다. 소년에게는 아프로디테의 신전이었다. 하얀 벽지에 단정하게 정리된 가구와 옷가지들. 전공인 간호학과 관련한 책이 꽂힌 책상,

화장품이 가지런히 줄 서 있는 작은 화장대, 핑크색 침구로 덮인 싱글 베드.

소년은 침대에 누웠다. 스무 살 여자의 체취가 사춘기 소년의 감각을 마비시켰다. 여태껏 그토록 과감하고 숭고하고 격정적인 순간은 없었다. 소년은 눈물을 흘리고 말았다. 누나의 가족이, 또는 누나 본인이 집에 올지도 모른다는 생각은 까맣게 잊어버린 채.

소년은 침대에서 일어나 누나의 방을 살폈다. 화장품 냄새를 맡아보고 옷장도 열어보았다. 서랍을 뒤지다가 보물을 발견했다. 누나의 속옷이었다. 소년은 자기도 모르게 작은 꽃무늬 프린트가 촘촘한 흰색 면 팬티를 주머니에 넣었다. 그뿐만이 아니었다.

책상에 앉아 책과 노트를 빼 보던 소년은 일기장을 발견했다. 금서를 구한 수도승의 심정으로 일기를 읽었다. 대학 입학과 함께 시작한 일기장은 채 10페이지가 넘지 않았다. 서랍을 뒤지다 보니 누나가 고등학교에 쓰던 일기장이 들어 있었다. 지난 시절의 일기장은 꺼내보지 않겠다는 생각이 들었다. 소년은 고등학교 시절의 일기장을 챙겨서 방을 나왔다.

복도에 누가 다가오는 발소리가 쿵쿵 울렸다. 소년은 허둥지둥 베란다 창을 통해 밖으로 나갔다. 밖에서 창을 닫고 아파트 화단에 숨어 있던 소년의 심장은 터질 것만 같았다. 문득 고개를 들어 하늘을 보았다. 무섭도록 큰 보름달이 있었다. 달이 말했다.

-이 순간을, 이 마음을 잊지 마. 너는 선을 넘어버렸어.

그날 밤 집에 돌아온 소년은 방문을 걸어 잠그고 누나의 일기장을 읽었다. 두툼한 노트는 여고생의 올망졸망한 글씨로 빼곡했다. 소녀의 꿈과 고민, 일상의 순간순간, 그 속에서의 감정과 대응방식이 눈앞에 그려지듯 펼쳐졌다. 솔직하게, 또 유치하게. 특히 사랑에 대해 그녀가 적어 놓은 글은 소년의 마음을 뒤흔들어 놓았다.

사랑하고 싶다. 눈이 멀고 귀가 먹는 사랑을, 나의 얄팍한 이성으로 이리저리 재지 않는 무조건적인 사랑 말이다. 칼릴 지브란이라는 시인은 말했다. 사랑이란 그 자체로서 충분한 것이라고, 주거나 받을 필요가 없는.

나는 두렵지 않다. 다쳐도 좋고 버려져도 좋다. 죽을 만큼 사랑한 누군가를 만난다는 행운에 비하면 그런 부작용쯤은 아무것도 아니지 않은가? 오늘 밤도 별이 많다. 언젠가는 밤하늘 아래 별빛보다 더 빛나는 내 사랑의 눈을 보며 행복해하는 날이 오기를.

언젠가는 찾아올 나의 남자를 그려본다. 보통 키에 보통 체형이었으면 좋겠다. 다만 스타일과 마음씨만은 특별했으면 해. 언제나 나를 생각하고 그리워해 주는 마음. 단정한 옷차림에 은은하게 향수 냄새가 났으면 좋겠어.

나에게 운명의 사랑이 나타난다면 어떻게 알 수 있을까? 아마도 마음에 있는 북이 알려주리라. 둥둥둥 소리를 내서, 이 사람이야, 하고. 내 마음의 북은 언제쯤 울릴까?

누나. 저에요. 누나의 북을 울려줄 사람이 바로 저라고요.

소년은 그 뒤로도 성서라도 되는 것처럼 누나의 일기장을 되풀이해서 읽었다. 누나의 머릿속에, 마음속에 들어간 것만 같았다. 누군가의 생각과 감정을 그렇게 속속들이 알 수 있을까? 누군가와 이토록 친밀해질 수 있을까? 비록 일방적이라고 해도. 불법적이라고 해도.

다음날 소년은 향수 가게를 찾았다. 이런저런 향을 맡아보고 당시에 유행하던 드라카 느와를 점찍었다. 한 달을 꼬박 용돈을 모아 향수를 샀다. 집을 나갈 때와 들어올 때만 아껴서 향수를 뿌렸다. 그러다가 가끔 누나와 마주치기도 했다. 그러나 그녀는 소년에게 시선을 주지 않았다.

소년의 짝사랑은 이미 통제가 불가능한 상황이었다. 결국 그는 고백할 결심을 했다.

문제가 생겼다. 피아니스트였던 소년의 아버지는 한때 시립교향악단의 연주자로 활동하다가 오래 버티지 못하고 나온 뒤로는 동네에서 작은 피아노 학원을 차리고 근근이 생계를 이어갈 수준의 수입을 유지했다. 그런데 멀지 않은 곳에 대형 음악학원이 들어오면서 원생들이 빠져나갔다. 빠른 속도로. 결국 피아노 학원을 접었다. 소년의 아버지는 술로 좌절감을 달랬다. 수입이 끊긴 소년의 집은 급격하게 빈곤해졌다.

소년의 아버지는 유난히 감성이 여린 사람이었다. 피아노 학원을 열 때에도 무척 큰 용기를 내야 했던 그는 쉽게 새로운 도전을 시도

하지 못했다. 결국 소년의 어머니가 나서야 했다. 작은 반찬 가게를 내기 위해 아파트를 팔고 연립주택 월셋집으로 옮겨야 했다. 외가가 있던 서울의 반대편, 천호동으로.

소년은 운명의 파도에 맥없이 쓸려가기 직전이었다. 누나에 대한 판타지는 열기구 풍선만큼 팽팽하게 부풀어 올랐는데, 아직 고백도 하지 못했는데. 슬픔과 절망에 잠 못 이루는 불면의 밤이 늘어났다. 원망의 대상은 부모이기도 했고 그 자신이기도 했다.

4살이나 어린 중학생 꼬마인데다 집이 망해 쫓겨나는 형편까지 얹어졌다. 고백한들 무슨 소용일까. 터무니없도다.

그래도 이대로 떠밀려 가버릴 수는 없었다. 이사 가는 날 아침, 소년은 정으로 쪼아 조각을 하듯 결심을 새겼다. 누나에게 부끄럽지 않은 남자가 되겠다고. 똑똑하고 능력 있는 남자의 모습을 갖춘 뒤 다시 누나를 찾겠다고.

소년은 아버지로부터 극단적인 감성도 물려받았으나 아버지와는 달리 강한 의지가 있었다. 마음먹은 바는 꼭 해내고 마는 추진력. 소년을 둘러싼 고난은 장애물이 아니라 강력한 동기로 그를 더 강하게 만들었다.

소년은 밤낮 가리지 않고 책에 매달렸다. 매일매일 자신과의 투쟁을 벌였다. 지칠 때면 버스를 탔다. 한 시간도 넘게 서울을 가로질러 옛날 집으로 갔다. 도둑처럼 맴돌던 누나의 집 앞에서 결심을 되새겼다. 언젠가는 떳떳하게 누나 앞에 나타나겠다고.

목표한 대학교에 들어간 뒤에도 시간을 허투루 쓰지 않았다. 소년은 또래 친구들보다는 훨씬 더 멀리 높이 날아올랐다. 직장에서도 마찬가지였다. 누구보다 더 열심히 노력했고 인정받았다.

어른이 되어서도 사춘기의 꿈은 신화처럼 살아 있었다. 소년의 마음속에. 그러나 이미 너무 멀리 와 버렸을까? 소년은 차마 누나를 찾지 못했다. 짝사랑치고는, 풋사랑치고는 너무나도 깊고 강렬했던 감정이었으나 10년이라는 세월 동안 흐려진 것일까? 소년은 문득 누나 생각이 날 때마다 스스로의 마음이 궁금해졌다.

그리워하면 언젠간 만나게 되는, 어느 영화와 같은 일들이 이뤄지기를.

부활의 노래 가사가 꼭 소년의 마음이었다. 유행이 한참 지난 향수지만 고집스럽게 드라카 느와 브랜드를 쓰는 일도 그래서였다.

그러던 어느 여름날이었다. 선배와 함께 나선 싱가포르 출장길에서 누나를 만났다. 단번에 알아보았다. 세월의 흔적을 피하지는 못했으나 누나는 여전히 아름다웠다. 그녀 앞에 마주 선 순간 소년은 다시 소년이 되었다. 훔쳐본 일기장에 적힌 글귀처럼 마음의 북이 둥둥둥 울렸다.

그리고 지금, 소년은 20번 녹턴의 음률 속에서 고백하고 있다. 아주 오래된 인연을.

고백을 듣고 얼이 나간 표정으로 앉아 있는 누나 앞에서 소년은 말한다.

"누나한테 알려야 한다고 생각했어요. 더 이상 비겁해지기는 싫었어요. 운명이라는 단어 외에는 우리 사이를 설명할 말이 없다고 생각해요. 10년을 기다렸어요. 저를 받아들여 주세요. 남자로."

귀국

9월의 첫날이었다. 비행기는 싱가포르와 한국의 중간 어디쯤을 날고 있었다. 나는 이륙하자마자 눈을 감았다. 눈을 뜨고 있기 힘들어서였다. 아무것도 보고 싶지 않았다. 할 수만 있다면 귀도 막고 싶었다. 가끔 들리는 옆 좌석 가족의 대화도, 승무원들의 서비스 멘트도, 기장의 안내 멘트도 듣고 싶지 않았다.

그냥 이대로 멈춰 있고 싶었다. 요만큼도 더하거나 잃지 않은 상태로 머무르고 싶었다.

그런 간절한 바람을 품은 채로 몇 시간을 버텼다. 착륙하고 짐을 찾고 게이트를 빠져나왔다. 전화를 걸었다. 예고한 대로 그이는 미리 공항에 나와 있었다.

"힘들었지?"

그는 인사를 건네며 캐리어를 받아들었다.

"잘 지냈어요?"

나는 그렇게밖에 말하지 못한다. 아직 나의 몸과 마음은 정상이 아니다. 그이는 금방 나의 변화를 알아차린다.

"어디 아퍼?"

"그냥요. 몸이 조금 그래요."

"그래? 몸살이야? 아님 배탈?"

"그냥 조금 어지러운 것뿐이에요. 모르겠어요. 너무 신경 쓰지 마요."

"약 못 먹었지? 지금 약국 연 데가 있으려나?"

밤 열 시가 넘은 시간이었다. 몸이 아픈 것도 아닌데 약은 먹어서 무슨 소용이 있을까.

나는 괜찮다는 의미로 손을 들어 보이고 앞으로 걸어나갔다. 그이의 차까지 가는 동안 무슨 대화를 나눴는지 모르겠다. 그는 묻고, 나는 대답했다.

한밤의 공항도로는 한산했다. 그는 렉서스 세단의 가속 페달을 깊이 밟았다. 언제나 안전속도 이하를 유지하는, 단 한 번의 교통범칙금도 받아 본 적 없는 그로서는 드문 일이었다.

"속도 좀 줄여요."

내가 말할 정도였다.

"기분 좋잖아. 길도 뚫려 있고. 카메라는 내비게이션이 알려줄 테니까 걱정 마." 그렇게 말하는 그의 목소리는 기분 좋은 목소리가 아니었다.

그를 배려할 여유가 없었다. 빨리 집으로 돌아가고픈 생각밖에는 없었다. 혼자가 되고 싶었다.

"이번 주 주말에 시간 돼지? 시골에 한 번 내려가야 해. 할아버지가 연세가 많으신데 몸이 편찮으셔서 결혼식에 못 오실 건가봐. 아직 정신이 남아 있을 때 인사를 드리는데 좋겠어."

제발. 제발 그냥 넘어가줘요. 나는 눈을 감고 못 들은 척했다.

"자?"

그의 음성에 날이 서 있다. 나는 안다. 그는 뭐든지 그냥 넘어가줄 사람이 아니다. 나는 눈을 뜨고 대답했다.

"주말에 친구들하고 약속이 있는데."

"그런 건 다음 주로 미루면 안 되나?"

"조정해볼게요."

침묵이 흘렀다. 우리는 원래 말을 많이 하는 커플이 아니었다. 몇 분씩 대화 없이 앉아 있을 때도 많았다.

"싱가포르에서 무슨 일 있었어?"

네. 있었죠.

"아니요."

작은 목소리로 대답한다.

인천대교의 아치가 멀리 보인다. 화려함을 넘어 위압감을 주는 구조물. 하늘로 치솟은 교각에 붙어 있는 조명도 눈이 부시다. 별빛이 가려질 만큼.

"우리 잠깐 같이 있을까?"

무슨 의미인지 안다. 와락 눈물이 쏟아지려고 한다. 돌이켜보면 내가 그를 안고 싶었던 적은 한 번도 없었다. 나란 여자는 그렇게 형편없는 여자였다. 사랑이니 뭐니 운운하면서도, 결국 나는 내가 바라지도 않으면서 남자가 원하면 몸을 맡기는 한심한 여자였다.

"다음에."

나는 목소리가 떨리지 않기를 바라며 조그맣게 말했다.

"몸이 불편해서 그래요. 다음에 데이트할 때 해요."

"오케이."

그는 고집부리지 않고 물러섰다. 여자를 배려하는 매너일까?

나를 정말로 원해서인지, 늦은 나이에 조금이라도 더 빨리 아이를 낳고 싶다는 계획 때문인지 궁금하다. 나는 묻지 않는다. 그럴 힘이 없다.

서울에 접어들어서도 길은 막히지 않았다. 금방 집 앞에 도착했다. 그는 짐을 들어주겠다고 했으나 나는 혼자 집에 들어가겠다고 고집을 부렸다. 결국 길에서 작별을 하고 혼자 집으로 올라왔다.

쾅, 소리가 나도록 문을 닫자마자 마음이 편안해졌다. 다시 혼자만의 방이다.

더운물로 샤워를 했다. 물기만 닦은 알몸으로 침대 위에 몸을 누웠다. 짐은 풀지 않고 구석에 캐리어를 세워두었다. 아무것도 하고 싶지 않아. 손끝 하나도 움직이기 싫어.

24시간 전에도 나는 침대에 누워 있었다. 혼자가 아니었다. 그 순간을 떠올리며 눈을 감는다.

레스토랑에서 희준의 고백을 들었을 때, 지진이 난 땅 위에 서 있는 기분이었다. 무방비 상태에 있던 나에게 한 남자의 강렬한 열망과 진심이 연이어 날아들었다.

나는 그 시절을 기억하지 못했다. 옆집에 중학생이 산다는 사실 정도만 알고 있었다. 그 아이의 터무니없는 욕망도 다짐도 몰랐다. 팬티 한 장이 없어진 일도, 고등학교 때 일기장이 없어진 일도 그 당시에는 고개를 갸웃하는 일이었겠지만 이미 기억에 없었다.

나에게 그는 과거가 아니라 현재였다. 그는 떳떳해지고 싶어서 과거를 고백했노라 말했지만 나에게는 중요한 문제가 아니었다.

와인을 두 병이나 비운 뒤 우리는 호텔로 돌아왔다. 엘리베이터에서 작별 인사를 하려는 그의 손을 잡은 사람은 나였다.

방으로 들어온 우리는 탐욕스러운 사랑을 나누었다. 남자의 몸에 구석구석 입을 맞춘 일도, 그토록 소리를 지르며 남자를 받아들였던 일도, 씨발이라고 욕을 내뱉은 일도, 내가 느낄 정도로 아래가 젖었던 일도, 모두 처음이었다.

다른 여자들은 뭐라고 묘사하는지 모르겠다. 나는 행복한 낙하라고 말하고 싶다. 몸을 날려 떨어지는 기분. 구름이 나를 받쳐주고 다시 튕겨 올라가고 내 몸이 불꽃처럼 터지고, 그렇게 조금씩 지상으로 낙하하는 기분.

섹스를 한 뒤 남자의 눈에 눈물이 맺혀 있는 모습도 처음 보았다.

-왜 울어?

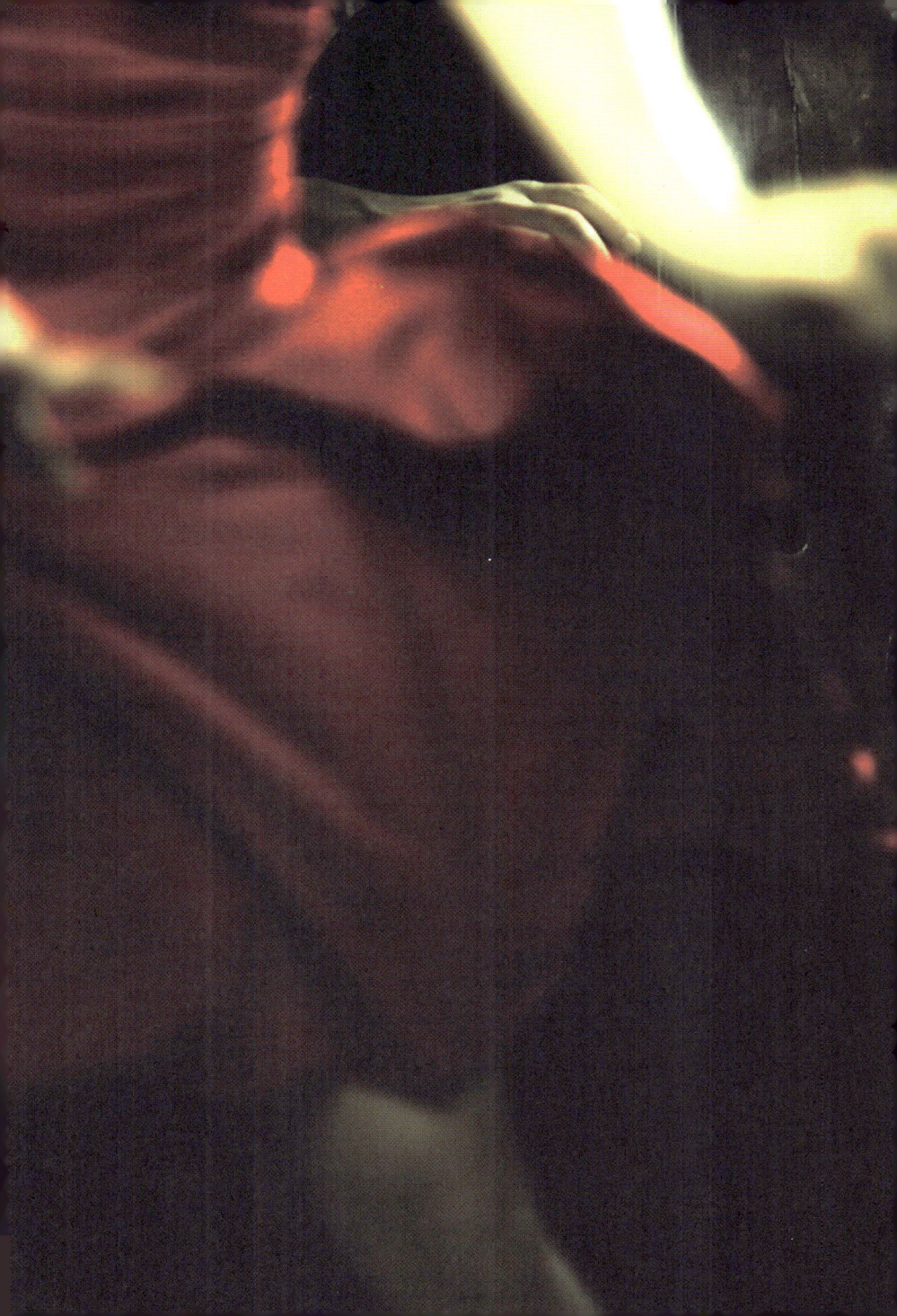

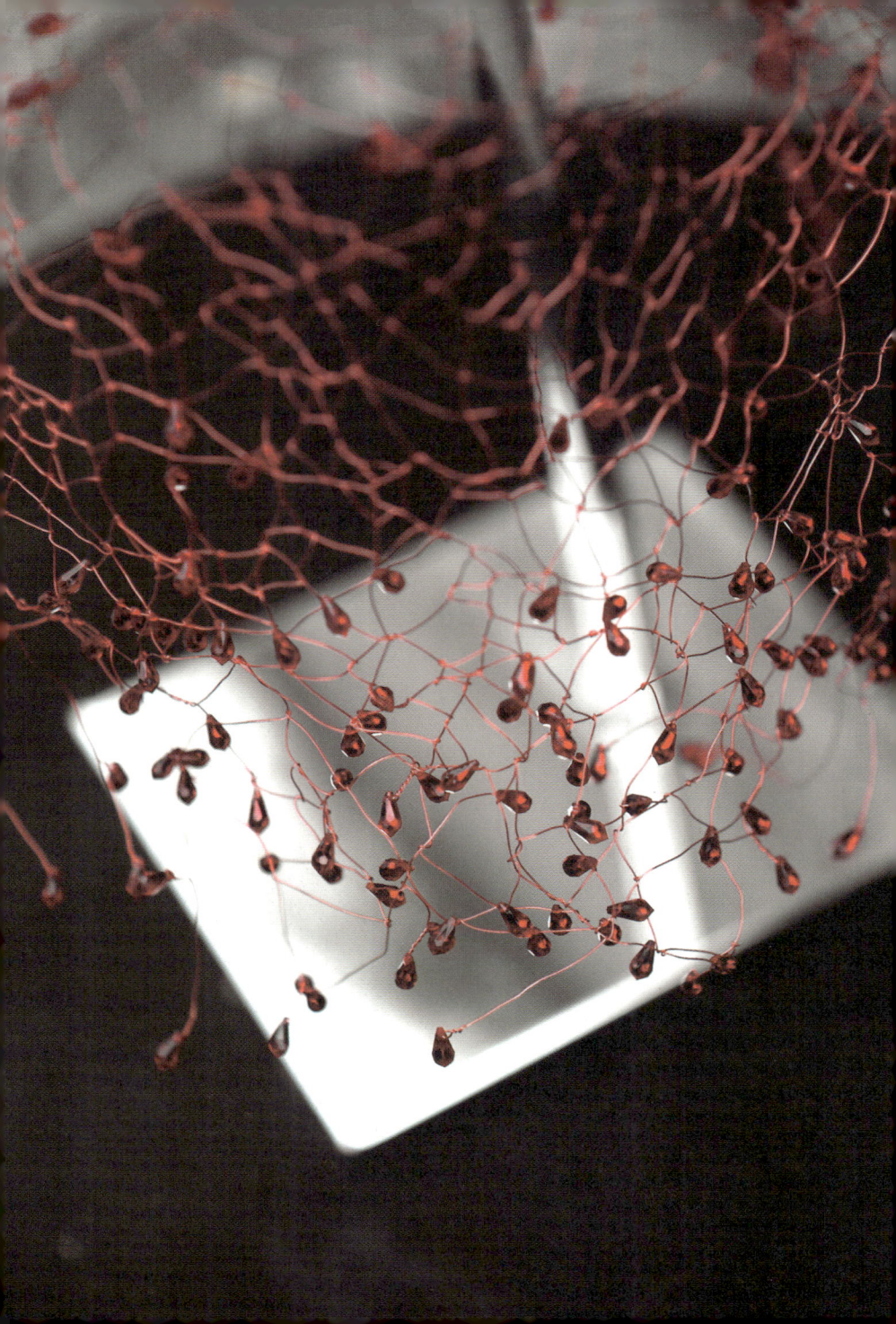

―행복해서요.

　―나를 안아서?

　―네. 진심으로 누나를 안고 싶었어요.

　그는 나를 따스하게 안아주었다. 말 없는 시간 속에 쿵쿵 그의 심장박동이 느껴졌다.

　―좋아.

　―네?

　―니가 좋다고.

　나로서는 대단한 고백이었다. 그를 향한 내 감정은 너무나도 긴박하고 격렬해서 설명이 어려웠으나 좋아한다는 표현이 가장 적합하리라 생각했다.

　그의 몸은 단단하면서도 부드러웠다. 나는 천천히 손끝으로 쓰다듬었다. 딱딱한 허벅지와 둥근 엉덩이, 군살이 별로 없는 허리를 거쳐 가슴으로. 그리고 목과 턱, 뺨까지. 단 한 번의 섹스를 통해 그를 무척 많이 알게 된 느낌이었다.

　그는 금방 다시 일어섰다. 나 또한 쉽게 젖어버렸다. 아까보다 더 길고 리드미컬한 노래가 이어졌다. 나는 과감하게 그의 몸 위로 올라가기도 했고 그의 머리칼을 잡고 울부짖기도 했다. 그의 몸은 마치 원래부터 내 몸속에 들어 있었던 것처럼 나의 구멍을 꽉 채웠다. 그 충만감은 일종의 봉인처럼, 그 순간을 박제시켜버렸다.

　나는 예감했다. 그를 계속 만나리라. 이토록 강렬한 타오름을 막을

도리가 없을 테니까. 연인들이 왜 부모를 버리고, 비난을 무릅쓰고, 목숨을 걸고 사랑을 택하는지 그제야 이해했다.

그는 시종일관 친절하면서도 난폭한 이중적인 태도로 나를 다루었다. 이번에도 나는 무척이나 높은 곳으로 치솟았다가 떨어졌다.

그의 가슴 위에 머리를 얹고 한참을 누워 있었다. 그리고 간단하게 몸을 씻었다. 가운을 입은 채로 테라스로 나가서 맥주를 마셨다. 우리는 종종 눈을 마주쳤고 그때마다 키스했다. 나는 당장에라도 그의 손을 잡고 침대로 가고 싶은 욕망을 눌러야 했다.

싱가포르의 야경이 빛의 병풍처럼 우리를 에워싸고 있었다. 춥지 않을 만큼 시원한 바람이 살을 간지럽혔다. 그는 눈을 반짝이며 물었다.

-이제 저를 남자로 받아들인 거죠?

-그렇지 않고서야.

그는 내 다음 말을 기다렸다. 나는 그가 무슨 말이 듣고 싶은지 알았다. 그 순간 종우씨에게 미안했다. 조금이라도 덜 미안하려면, 조금이라도 그에게 덜 상처를 주기 위해서는 빨리 관계를 정리해야 한다는 사실도 알았다.

희준은 어느새 내 뒤로 와서 목을 끌어안고 정수리에 입을 맞추고 있었다.

-시간이 필요해. 오래 걸리지는 않을 거야.

-저 누나를 기다리는 데 익숙해요. 10년을 기다렸잖아요. 앞으로

10년쯤은 더 기다릴 수 있어요.

　넌 어쩜......

　나는 고개를 돌려 입을 맞췄다. 크지도 작지도 않은 혀가 입안으로 밀려 들어왔다. 따스한 체액이 오고 가면서 심장은 점점 빨리 뛰기 시작했다. 그의 긴 손가락이 내 가운을 벗겼다. 멀리서 누군가가 볼지도 몰랐다. 나는 오히려 더 흥분을 느끼며 그의 가운을 벗겼다. 그리고 이미 단단하게 일어선 그의 페니스를 입안에 품었다. 테라스 의자에서 벌어진 정사는 침대 위에서 끝났다.

　우리는 새끼 곰들처럼 서로 몸을 꼭 붙이고 잠이 들었다. 눈을 뜨자마자 또 사랑을 나누고 함께 샤워를 하다가 또 사랑을 나누고서야 우리는 서로를 놓아주었다.

　그리고 귀국.

　24시간이 지난 아직도 몸 곳곳의 감각이 생생하다. 눈을 감고 떠올리기만 해도 입에 침이 고이고 아래가 젖는 기분이다.

　침대 위에서 그와 나눈 대화도 자꾸만 귓가를 맴돈다.

　-좀 뻔하고 유치한 질문해도 되요?

　-예상은 되지만 물어봐.

　-제가 몇 번째 남자에요?

　-섹스를 말하는 거야?

　-꼭 그게 아니라도.

　-어차피 비슷해. 세 번째야. 사귄 것도, 같이 잔 것도.

―생각보다 정숙하고 재미없는 삶을 살았군요?

　―그런 편인가? 그런 너는 여자가 완전 많았어?

　―누나보다는요.

　―그랬겠지. 아무래도 남자다 보니까.

　―이상하지 않아요? 어차피 섹스는 남자와 여자가 하는 건데. 주변에서 얘기를 들어봐도 그렇고 가끔 인터넷에 뜨는 설문 조사나 통계를 봐도 그렇고. 파트너의 수가 남자 쪽이 더 많잖아요.

　―듣고 보니 그러네. 왜 그럴까? 똑같아야 할 텐데.

　―여자들이 덜 솔직한가 봐요.

　―설문 대상에 포함 안 된 여자 몇몇이 엄청나게 많은 남자와 잤던 건 아닐까?

　내 말에 그는 소리 내어 웃었다. 웃음소리가 참, 좋다. 내가 재미있는 사람처럼 여겨져서 또 좋다.

　―그런 건 안 물어봐?

　―뭐요?

　―남자들은 많이 궁금해 한다면서. 얼마나 좋았는지.

　―뭘 그런 걸 물어봐요. 안 물어봐도 알겠는데.

　그러면서 입을 맞추는 그. 나는 대책 없이 부끄러워져 버렸다. 그리고는 불쑥 털어놓았다.

　―처음이야. 절정에 다다른 느낌은. 그러니까 넌 비교 대상이 없어. 잘난 척해도 돼.

─영광이네요.

─나는 어땠어?

─치이. 그거 물어보려고 얘기 꺼냈구나.

─얘기 안 해줘도 돼. 나도 알겠는걸.

─남자라는 동물은 그래요. 사정하는 순간이 곧 오르가즘이죠. 하지만 동물적인 사정의 쾌감과는 비교가 안 되는 느낌이 있죠. 진정으로 원하고 아끼는 사람을 안을 때의 충만한 느낌. 제가 표현을 잘 못 해서 미안해요.

─알겠어. 무슨 말인지.

─궁금하지만 물어보지 않을게요.

─뭘?

─지금 누나가 만나는 사람이요.

잠시 분위기가 어색해진다. 그래도 괜찮다. 서로를 안은 팔에 조금만 힘을 줘도 어색함은 풀어진다.

─매너 있네. 아까 말한 대로야. 조금만 시간을 줘. 만난 지 오래된 사람이고……

나는 결혼 날짜를 잡아놓고 혼수 준비를 하는 중이었다는 말까지는 차마 하지 못했다.

─신기해요.

그는 떨리는 목소리로 말했다.

─꼭 10년 동안 계속 누나를 만났던 것 같아요.

-나도 비슷해. 10년까지는 아니지만 겨우 세 번 만난 사람이라는 생각은 안 들어.

　그는 내 가슴에 입을 맞추었다. 천천히, 경박스럽지 않게 혀를 움직여 젖꼭지를 쓰다듬었다.

다시 눈을 뜬다.

보고 싶다. 며칠 전까지만 해도 내 인생에 등장하지조차 않았던 남자가 미치도록 보고 싶다. 마음이 급해지고 목이 마른다. 다른 생각은 끼어들지 못한다. 그저 그가 그리울 뿐.

그는 이틀 뒤 귀국할 예정이었다. 나는 너무 늦지 않게 상황을 정리할 생각이었다. 막상 종우 오빠에게 이별 통보를 할 생각을 하니 숨이 턱 막혔다. 상상만 하는 것으로도 패닉 상태에 빠진 나는 급히 핸드폰을 열고 SOS를 쳤다. 연이는 한참 신호가 간 뒤에 전화를 받았다. 나는 다짜고짜 사과부터 했다.

"그래 알아. 자정이 다 된 밤에 결혼한 친구에게 전화하는 일, 몹시 무례한 짓이라는 거. 미안해. 자고 있었니?"

"애 재우다가 씻지도 못하고 잠들었네. 다행히 애는 안 깼어. 애 깼으면 너랑 통화 못 했을 거야."

"고마워."

"무슨 일이길래 그래? 싱가포르에서 남자라도 물어왔어?"

"응."

연이는 기가 막혀 하면서 내 이야기를 들었다. 그녀는 한 번도 끼어들지 않고 끝까지 들었다.

"진짜 대박이다. 너 감당할 수 있겠니?"

"일단 종우씨하고 정리해야지."

"뭐라고?"

"솔직하게 다 말하려고."

"기가 막히네. 신혼여행 대신 간 휴가에서 새 남자를 만났다고? 그렇게 말하겠다고?"

"다른 방법이 없잖아."

"잔인하다."

"그나마 솔직하게 털어놓는 편이 덜 잔인하지 않을까."

"그 사람 입장에선 넌 참 나쁜 년이라는 것만 알아둬. 어금니 꽉 깨물어라. 맞을지도 모르니까. 나 같으면 내 약혼남이라는 놈이 그 따위로 이별통보를 한다면 불꽃 싸대기는 기본, 머리 쥐어뜯기는 옵션이야."

"알아. 왜 몰라. 너도 나를 나쁜 년이라고 생각하니?"

"물론이지. 하지만 말이야 사람은 누구나 나쁜 놈, 나쁜 년이 되는 순간이 있어. 남녀 간에 이별이란 언제나 한쪽에는 불공평하니까. 쿨한 이별 같은 건 노래 가사에나 나오는 말이지."

"빨리 얘기해야겠지?"

"빠르면 빠를수록 좋지. 내일 당장 얘기해."

"내일?"

"아 미친년. 그럼 청첩장 돌린 다음에 얘기할래?"

그녀는 전화를 끊기 전에 이렇게 말했다.

"어쨌든 축하해. 그토록 바라던 가슴 뛰는 사랑을 만났으니. 잃지 않기를 빌어줄게."

다음날 그이 앞에서 고백을 하자니 목이 졸리는 기분이었다. 굳이 희준을 만난 일을 애기해야하나? 연이의 말이 맞다. 너무 잔인하다. 굳이 그렇게 고통을 안겨줄 필요가 있을까?

모르겠다. 일단 오늘은 이대로 잠들고 싶다. 그냥 이대로.

온갖 인물과 스토리가 뒤섞인 꿈을 꾸었다. 눈을 떴을 때는 아침 10시가 넘었다. 일단 종우 오빠에게 연락해서 저녁 약속을 잡았다. 오빠는 저녁 먹고 들어가서 야근을 하는 것보다는 바로 퇴근하는 게 낫지 않겠냐며 최대한 늦게 보자고 했다. 아홉 시에 만나기로 약속을 정했다.

외출 준비를 마치고 작가 교육원으로 향했다. 병원 일을 그만두고 교육원을 다닌 지도 벌써 6개월이다. 나는 참 부지런한 학생이었다. 교육원에서 내주는 과제를 다 하고도 혼자 습작을 많이 했다. 과제를 본 강사도 그랬고 가끔 내 글을 읽어보는 연이도 그랬고 다들 소질이 있다는 칭찬을 해주었다.

슬슬 장편 시나리오를 써 볼 생각이었다. 몇 가지 아이템이 있는데 연이와 상의 중이었다. 연이는 두 번째로 시나리오를 쓴 멜로물이 히트하면서 영화제작사는 물론이고 드라마 제작사로부터도 러브콜이 들어오는 모양이었다. 그녀는 틈날 때마다 나에게 상기시켰다.

-결혼하고도 너만의 영역은 꼭 필요해. 남편 돈 잘 번다고 집에 퍼질러 있다간 금방 아줌마 돼. 다시 병원으로 돌아갈 생각 없으면 글 열심히 써서 입봉할 생각을 하라고. 내가 보기에 나보다 니가 감은 더 좋아.

여러모로 고마운 친구였다.

오랜만에 찾은 교실은 여전했다. 한 반에 스무 명쯤 되는 원생들 절반 이상은 여자들이었다. 언뜻 보면 지치고 생기 없어 보이기도 했으나 눈에는 절박함이 넘실거렸다. 이렇게 교육원을 다니다가 실제로 프로 작가로 입봉해서 돈을 버는 사람은 일부에 불과했다. 그중에서도 생계를 유지할 만큼 수입을 올리는 사람은 극히 드물었다. 대부분은 글을 쓰면서도 다른 일을 겸했다. 나 역시 마찬가지겠지. 아직은 그동안 모아 놓은 간호사 월급이 있었지만 언제 바닥이 날지 모른다. 결혼을 하지 않는다면 바로 생활 전선에 뛰어들어야 하리라.

수업이 끝난 시간은 저녁 여섯 시. 종우 오빠와의 약속 시간까지 아직 3시간이 남아 있었다.

"애들하고 맥주 한잔하러 갈 건데 같이 갈래?"

교실에서 왕오빠 노릇을 하는 반장 오빠가 물었다. 나처럼 다른 직장에 다니다가 꿈을 위해 뒤늦게 작가의 길로 들어선 사람이었다. 나이는 마흔. 미안한 말이지만 솔직히 내가 볼 때는 가망이 없다. 시나리오에 대한 욕심만 많을 뿐, 기본적인 글쓰기의 훈련도 안 되어 있다.

아직 결혼도 하지 않고 바람 부는 벌판으로 뛰쳐나온 그를 보면 겁이 덜컥 나기도 했다. 마치 나의 10년 후 모습을 보는 것 같아서. 그때마다 나도 모르게 종우 오빠를 떠올리며 안도했음을 고백하겠다. 프러포즈를 받기 전에도, 그와의 결혼을 원하고 있지 않았음에도, 나는 인생의 안전장치처럼 그를 염두에 두고 있었다. 나는 고작 그런 여자였다.

"약속이 있어서요. 맛있게 드세요. 다음에 같이 해요."

근처 호프집으로 우르르 몰려가는 무리를 뒤로하고 혼자 길을 걸었다. 이렇게 뜨는 시간이 생기면 좋은 점도 있다. 그동안 무심코 지나쳤던 거리의 풍경이 눈에 들어온다. 교육원에서 큰길로 나가는 골목에 있는 가게 앞에 잠시 멈춰 섰다. 벽에 매달아서 쓰는 선풍기들이 뭉치로 매달려 있었다. 일상적이면서도 낯선 모습에 시선을 빼앗겼다.

버스를 타고 지하철을 타고 무심하게 걷다 보니 가로수길이었다. 해가 지기 직전의 빛이 거리의 풍경을 묘하게 적시고 있었다. 내 발길은 카페와 사람들 사이를 누볐으나 내 눈은 풍경의 틈 사이사이로 스민 오묘한 빛을 향해 있었다. 약간의 우울, 그리고 약간의 위로.

그러다 덥석 희준의 손이 내 손을 잡는 기분이 들었다. 언젠가는 이 거리를 함께 걷겠지. 손을 잡고, 나란한 발걸음으로. 지금 내가 본 것들을 함께 보면서.

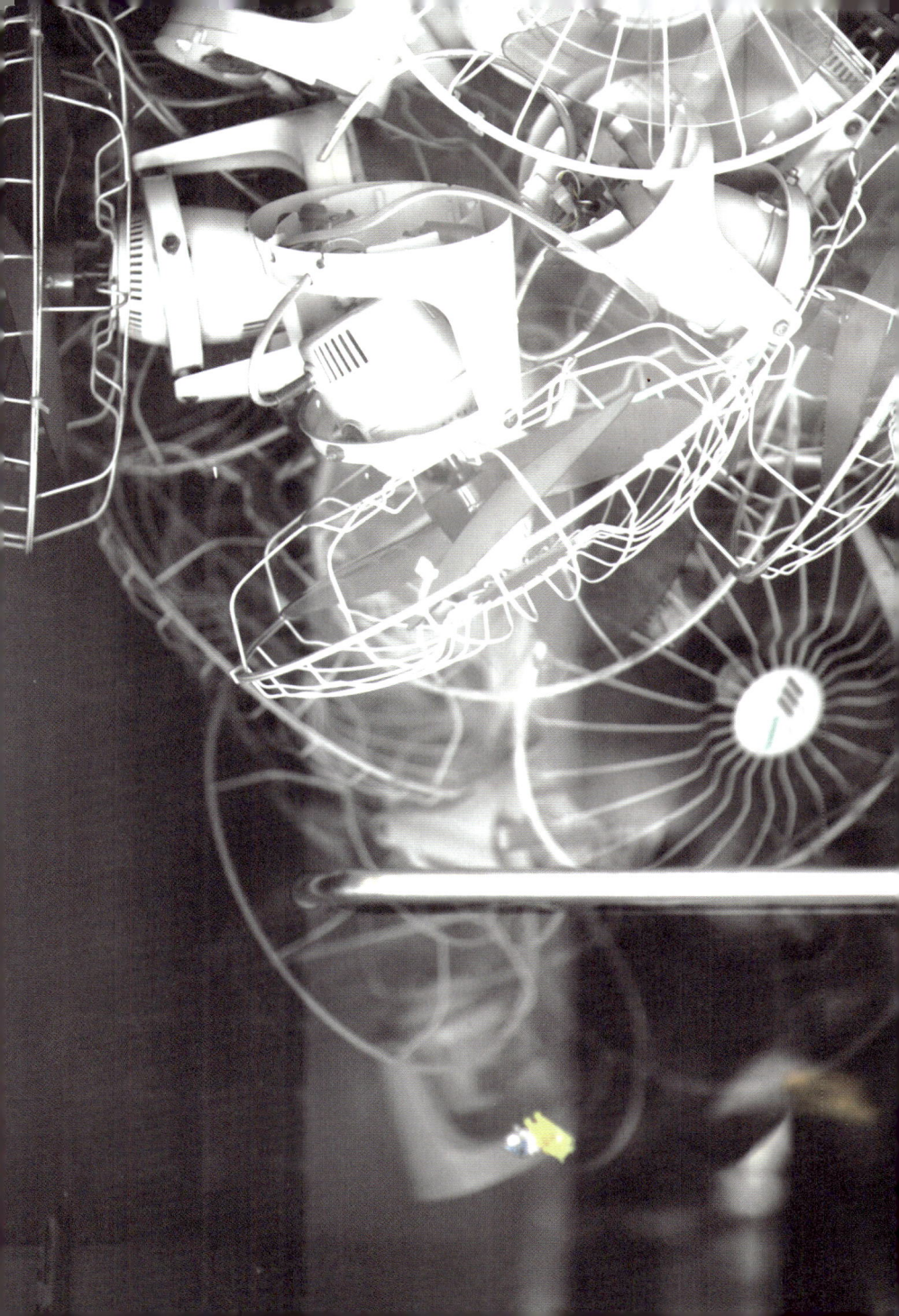

일단 오빠 회사가 있는 서초동으로 이동했다. 저녁 7시가 조금 지난 시간이었다. 배가 고팠다. 그를 만나면 얘기를 하느라 제대로 밥을 먹지 못하겠지. 회사 옆 건물 1층에 있는 커피빈에 들어가 커피와 머핀을 주문했다.

업무지구 한가운데에 있는 커피빈에는 정장을 입은 회사원들이 대부분이었다. 이방인 같은 심정으로 혼자 커피를 마시고 머핀을 뜯었다. 바닐라 라떼의 달콤함이 잔뜩 긴장한 내 마음을 조금 풀어주었다.

아무 생각도 하지 않으려고 했다. 그저 담담하게 털어놓자. 용서를 구할 부분은 용서를 구하고. 이별에도 예의가 필요하니까.

8시가 조금 넘자 연락이 왔다.

"일이 조금 일찍 끝났어. 어디야?"

"잘 됐네요. 저도 조금 일찍 와서 기다리고 있었어요."

그는 10분도 안 되어 내려왔다. 살이 찐다고 늦은 시간에 저녁 먹는 걸 싫어하는 그는 서둘러 자리를 옮기고 싶어했다. 내가 물었다.

"술 한잔할래요?"

"술 마시고 싶어? 나는 별론데. 내일 아침 일찍부터 회의도 있고. 음, 그럼 이렇게 하면 좋겠다. 나는 운전할 수 있게 딱 두 잔만 마실 테니까 준희는 마음 편하게 마셔."

예상했던 대답이었다. 다른 때 같으면 나도 됐다며 그냥 밥을 먹었겠지만 그날은 달랐다. 우리는 논현동에 있는 포장마차로 향했다.

배가 고팠던 그는 파전과 조개탕을 급하게 먹었다. 나는 도저히 입맛이 나지 않았다. 그냥 혼자 소주 세 잔을 비웠다.

그가 어느 정도 안주로 배를 채웠을 때, 살짝 느껴지는 알코올 기운을 빌어 말을 꺼냈다.

"오빠. 오늘 좀 힘든 이야기를 해야 해요. 많이 늦었을지도 모르겠지만 그래도 더 늦기 전에 말해야 한다고 생각해서요."

그는 마치 뭔가를 알고 있는 사람처럼 담담한 표정이었다. 나는 차근차근 내 마음을 전달했다. 결혼을 앞두고 느꼈던 왠지 모를 거부감, 불안함을 털어놓았다. 그가 가로막았다.

"원래 다 그렇데 준희야. 결혼을 앞두고 우울증에 걸리는 여자들도 있다잖아."

"아니요. 그런 막연한 상태가 아니에요. 저는……"

나는 길게 심호흡을 한 다음 말했다.

"오빠를 사랑하지 않아요."

그의 눈가가 파르르 떨렸다.

이 남자, 상처받았구나. 죄스러운 마음이 부풀어 올랐다.

그는 입을 꾹 다물고 자신을 다스리다가 신중하게 입을 열었다.

"변한 거니?"

"아니요. 어쩌면 저는 한 번도 오빠를 사랑했던 적이 없을지도 몰라요. 모르겠어요. 사랑이라는 단어의 범위가 애매하니까. 오빠는 정말 좋은 사람이에요. 저한테는 분에 넘치는 사람이죠. 하지만 그런 이유로 결혼을 하면 안 된다고 생각해요."

"그럼 왜 그동안 연인으로 관계를 유지했니? 나에게 따스하게 굴었던 이유는 뭐지?"

그의 음성이 흔들렸다. 나는 다른 말이 생각나지 않았다.

"좋은 사람이었으니까요."

"좋은 사람!"

그가 주먹으로 테이블을 쾅 소리 나게 내리쳤다. 주변 사람 몇몇이 돌아보았으나 금방 고개를 돌렸다.

내가 오빠를 만난 장소는 병원이었다. 그는 A형 간염으로 입원했고 나는 그 병실을 돌던 간호사였다. 특별하게 그를 챙겨준 일은 없었다. 다만 간염환자와의 직접 접촉을 꺼리는 다른 간호사들과 달리 스스럼없이 대해주었다고, 그는 나중에 말해주었다.

한 가지 이상했던 점이 있었다. 한 명도 문병 오는 사람이 없었다. 역시 나중에 들은 이야기지만, 뉴질랜드에 가 있던 형이 한 달 동안 부모님을 초청해 당시에 서울에는 가족이 없었다고 했다. 병원에 있는 모습을 보이기 싫어 친구들에게도 병원을 알려주지 않았다고 했다. 그의 회사에서 '쾌유를 빕니다.' 라는 형식적인 문구가 적힌 화분이 배달되어 온 게 전부였다.

그는 한 달을 조금 넘게 입원해서 집중 치료를 받고 퇴원했다. 그리고 며칠 뒤 건강한 몸으로 병원을 찾아왔다. 내 앞에 꼿꼿이 서서 말했다.

-만나고 싶습니다. 실례가 되지 않는다면 전화번호를 물어봐도 괜찮을까요?

우리 만남의 시작이었다.

그렇게 데이트를 하는 동안 나는 한 번도 그에게서 폭력적인 성향은 본 적이 없었다. 심지어 운전 중에도 그 흔한 욕설 한 마디 내뱉은 적이 없었다. 나와 다툴 때에도 그는 쉬이 목소리를 높이지 않았다. 인간의 본성 중에서 공격성과 파괴본능 비슷한 것들이 모조리 거세된 사람 같았다. 그런 그가 주먹으로 테이블을 내리쳤다. 순전히 나 때문이다.

"미안해요."

나는 결국 고개를 숙이고 말았다. 한참 침묵을 지키던 그이의 목소리가 들렸다.

"내가 싫으니?"

나는 시선을 바닥에 둔 채 대답했다.

"그렇지 않아요. 다만 오빠에게는 제가 다가가기 힘든 거리가 있어요. 뭐라고 해야 할지 모르겠네요. 벽? 어떤 보호막? 오빠하고 붙어 있다는 느낌이었던 적이 없어요. 심지어 오빠가 저를 안을 때조차도."

다시 말 없는 시간이 흘렀다. 떨리는 목소리가 들렸다. 예상하지 못했던 반응이었다.

"기다릴게. 마음을 돌려줘."

고개를 들어 그를 쳐다보았다. 그이는 울고 있었다. 3년을 만나면서 그의 눈물을 본 일도 처음이었다. 나는 어쩔 줄 몰라, 도리어 화난 사람처럼 굳은 표정으로 가만히 있었다.

"나는 너를 놓지 못한다. 그러니 기다릴 수밖에 없다."

왜요? 나처럼 평범한 여자한테 왜 매달리나요? 당신은 나보다 훨씬 더 좋은 여자를 만날 수도 있어요.

그가 일어나서 술집을 나가는 내내 나는 아무것도 할 수 없었다. 꼼짝없이 앉아만 있었다. 정신을 차리고 나니 그는 이미 떠났다. 나는 속으로 되뇌었다.

냉정해져야 해.

다음날 나는 차를 몰고 공항으로 나갔다. 운전하는 내내 신경이 쓰였다. 종우 오빠는 전날 밤 먼저 자리를 뜬 후로 연락이 없었다. 걱정도 되고 찜찜하기도 하였으나 연락하고 싶은 마음을 꾹 참았다. 그는 마음을 돌려달라고, 기다리겠다고 통보하였으나, 우리는 벌써 이별했는지도 모른다는 생각도 들었다.

남녀 간에 이별이란 언제나 한쪽에는 불공평하니까. 쿨한 이별 같은 건 노래 가사에나 나오는 말이지.

연이의 말이 맞다. 불공평하게도 내 마음은 이미 그를 떠났다.

공항 게이트에서 나오는 희준을 보면서 나는 더욱 확신했다. 인생의 또 다른 챕터가 시작했음을. 갑자기.

반전(反轉)

　치아를 고스란히 드러내며 웃는 미소. 물이 빠진 청바지에 프린트 없는 하얀 면 셔츠. 나를 향해 거침없이 흔드는 손. 그였다. 나를 발견한 그는 빠른 걸음으로 다가오더니 버럭 안아버렸다. 단단한 품 안에서 듣는 목소리, 달콤하도다.
　"보고 싶었어요."
　그는 떨고 있었다. 나 역시 그랬는지도 모르겠다. 오랫동안 그렇게 꼭 끌어안고 있었다. 공공장소에서 스킨십을 하는 일이 익숙하지 않은 나였으나 결국 입맞춤까지 하고 말았다. 인천공항 게이트 앞에서 뜨거운 키스를. 부끄러워서 괜히 쓸데없는 질문을 했다.
　"같이 출장 갔던 선배는?"

"걱정 마요. 차장님은 일 마무리하고 내일 귀국이에요."

이틀 전에는 그이가 모는 차를 타고 가던 고속도로를 직접 차를 몰고 달리고 있다. 렉서스 GS300의 조수석보다 마티즈 운전석이 더 편했다. 시원하게 뚫려 있던 신공항 고속도로를 빠져나가자마자 차가 막히기 시작했다. 저녁 일곱 시, 퇴근 시간이었다.

"누나. 저 배고파요."

그가 칭얼대듯이 말했다.

"뭐 먹고 들어갈까?"

"뭔가 좀 뜨끈하고 맵고 이런 거."

"내가 저녁 해줄게."

나도 모르게 불쑥 제안했다. 미리 생각했던 계획이 아니었다. '저녁 해줄까?'도 아닌, 저녁 해줄게.

"정말요? 귀찮잖아요."

"아냐. 대신 대단한 요리는 기대하지 마. 김치찌개 끓여줄게."

"돼지고기 팍팍 넣고!"

"원하면 라면 사리도 오케이."

"누나 대박!"

그는 아이처럼 좋아하면서 내 뺨에 입을 맞췄다. 이런 발랄함은 어디에서 나오는 걸까? 내가 26살 때에는 저렇지 않았는데.

"부럽다."

"뭐가요?"

"명랑 쾌활한 성격이."

"치이. 아직 어리잖아요."

그는 놀리는 말투로 말했다.

"나는 스물여섯 살 때 그러지 않았어."

"어땠는데요?"

"애 늙은이 같았지."

"원래 여자들이 철이 더 일찍 들잖아요."

"그런 개념이 아니었어. 괜히 겁먹고, 괜히 진지하고, 괜히 도망치고 그랬어."

돌이켜보면 나는 정말 그랬다. 한 번도 마음이 시키는 대로 끝까지 가 본 적이 없었다. 현실에 타협하고 두려움에 무릎 꿇고 막막함에 돌아서던 젊음이었다. 어쩌면 평범한. 그러나 서른의 나이에 나는 스무 살처럼 무모하게 시작하고 있다. 모든 것을 내던지는 연애를.

하늘은 맑고 푸르렀다. 서쪽 하늘에만 구름이 흩뿌려져 있는 걸 보니 노을이 예쁠 것 같다.

희준은 내 집에 발을 들여놓은 두 번째 남자였다. 사실 종우 오빠는 집에 온 적이 별로 없었다. 이사할 때 도와주고 이런 저런 가구를 들여놓을 때 왔던 것을 빼면 머문 적이 없다. 나 역시 이 집에 누군가와 함께 있는 시간이 불편했다. 그건 연이도 마찬가지였다. 딱 한 번 그녀가 집을 찾아온 적이 있었다. 안절부절하지 못하는 나를 보며 연이는 웃었다.

―내가 뭐 뒤져보기라도 할까봐? 왜 그렇게 불안해해.

나도 정확한 이유는 몰랐다. 다만 이 집만큼은 나만의 방으로 남겨놓고 싶었다.

희준이 들어왔을 때는 달랐다. 침입당했다는 느낌이 아니었다. 오히려 방 한 켠에 그림자처럼 드리워져 있던 외로움이 걷히는 느낌이었다. 그는 자연스럽게 방을 둘러보고 소파에 앉았다.

"꼭 누나 같아요."

"무슨 소리야?"

"단정하고 깔끔해요. 꼭 있어야 할 것들만 있고. 여자들이 더 어지럽게 해놓고 사는 경우도 많잖아요."

"혼자 사는 여자 집에 많이 가봤나 봐?"

부당한 의심과 질투가 마음을 긁었다. 나는 슬쩍 자리를 떠서 싱크대로 향했다. 냄비를 찾아 물을 담고 불을 올렸다. 희준은 뒤에서 나를 끌어안으며 속삭였다.

"여기가 54번째에요. 그 정도면 충분해요?"

그리고 목덜미에 와 닿는 그의 입술. 다리에 힘이 풀렸다. 돌아서서 그를 안고 키스했다.

우리는 난폭하게 서로를 탐했다. 숨이 가빠지고 시야가 새하얗게 물들었다.

"물이 빨리 끓을까요, 누나가 빨리 끓을까요?"

귀에 속삭이는 그의 목소리에 더 흥분했다. 결국 나는 어이없을 만큼 빨리, 물보다 빨리 끓어 버리고 말았다. 그의 이름을 부르면서 넓은 등을 세차게 끌어안았다. 그 역시 오래 걸리지 않아 새하얀 정액을 배 위에 흩뿌렸다.

우리는 손을 잡고 나란히 누워 있었다. 언제부터인가 물이 끓기 시작했다.

"하루에 열 번도 할 것 같아요."

그가 중얼거렸다. 나답지 않은 노골적이고 외설적인 질문이 튀어나왔다.

"기록이 몇 번인데?"

"질투하기 없기."

"말해봐."

"다섯 번이요."

"하룻밤에?"

"밤부터 다음 날 아침까지."

질투하지 않을 도리가 없었다. 때려주고 싶은 마음을 누르면서 침대에서 일어났다. 벌써 팔팔 끓고 있는 물이 불안해서 일단 불을 껐다. 간단하게 샤워를 하는데 그가 따라 들어왔다. 우리는 서로의 몸을 씻어주면서 또 사랑을 나누었다. 누가 먼저 시작했는지 몰랐다.

"기록 깨려는 셈이에요?"

사정을 하고, 쏟아지는 샤워 물줄기 아래에서 그가 물었다. 나는 차마 대답하지 못했다. 정말 그러고 싶었으니까. 내 속에 이리도 들끓는 욕망이 숨어 있었다는 사실에 놀랄 따름이었다.

김치찌개를 먹고 또 사랑을 나누었다. 소파에서 시작해 소파에서 끝난 정사. 그가 속삭였다.

"나 오늘 여기서 자고 가고 싶어요."

"안 그래도 놔주기 싫었어."

우리는 밖으로 나갔다. 그는 내일까지 휴가라면서 홀가분한 표정이었다. 밤을 맞은 홍대 거리는 생명력이 충만했다. 들뜬 표정의 대학생들이 재잘거리며 지나치고 인디 밴드의 멤버로 보이는 젊은이들은 기타를 어깨에 메고 다녔다. 옷 가게는 환하게 불을 밝히고 다양한 패션을 뽐냈다. 골목을 따라 늘어선 술집들은 독특한 이름과 인테리어로 사람들의 발길을 멈추게 했다.

오늘내일 함께 지내면서 그가 편하게 입을 만한 옷을 샀다. 카키색의 면 티셔츠와 넉넉한 반바지를 골라주었고 그는 만족해했다. 고집을 부려 내가 계산을 하자 그는 시원하게 신을 수 있는 샌들을 하나 사주었다. 우리는 팔짱을 끼고, 때로는 손을 잡고, 뺨에 입을 맞추며 걸었다.

여름밤의 열기를 고스란히 흡수하는 기분이었다. 태어나서 지금까지 그토록 젊어 본 적이 없었노라 말하겠다. 스무 살에도, 스물다섯 살에도 나는 그때의 반만큼도 활기차지 못했다. 그는 종우씨에 대해서는 물어보지 않았다. 일부러 참는구나, 짐작했다. 시간을 달라고, 정리하겠다는 나의 말을 믿었던 것이다.

"좀 쉴까?"

우리는 편의점에서 맥주를 두 캔 사서 홍대 놀이터에 앉았다. 가볍게 캔을 맞대어 건배하고 한 모금.

"좋아요. 누나가 너무 좋아요."

그는 눈을 반짝이며 말했다.

"나도 좋아. 니가 너무 좋아."

그리고 입맞춤. 우리를 제외한 풍경이 모두 멈춰버린 느낌이었다.

방에 돌아오자마자 사랑을 나눴다. 이번에는 내 가슴이 공격의 대상이었다. 그는 집요하게 가슴을 빨고 어루만졌다. 삽입도 하지 않고 절정을 느낄 지경이었다. 적어도 그날 밤에는 마지막일 줄 알았던 정사가 끝나고 우리는 한참 동안 움직이지 못했다. 아래가 얼얼했다. 그도 마찬가지였겠지.

잠이 들기 전에 다시 서로를 안았다. 흥분을 못 이긴 우리는 침대에서 내려왔다. 그는 나를 번쩍 들더니 책상에 앉혔다. 누군가 창을 통해 방을 엿보고 있었다면 내 헐벗은 등을 보고 꽤나 놀랐으리라.

우리는 경쟁이라도 하듯 서로를 갈구했다.

육체의 에너지가 고갈된 뒤에야 침대에 누울 수 있었다. 그는 굿나잇 인사 대신 말했다.

"기록이 깨지겠네요."

그의 말이 맞았다. 다음 날 아침 우리는 두 번이나 모닝 섹스를 나누었으니. 유치하게도 숫자를 세어 보았다. 일곱 번. 행운의 숫자다. 나에게도 그에게도 기록이 영원히 깨어지지 않기를 빌었다.

그해 9월은 사랑밖에 없었던 달이었다. 10년이라는 세월을 미뤄 와서인지 그는 일주일에 하루나 이틀을 빼고 매번 나를 찾아왔다. 우리는 맛있는 식당을 찾아다니고 예쁜 거리를 걷고 영화를 보고 술을 마시고 사랑을 나누었다. 그는 시종일관 누나라는 호칭을 썼고 나는 그의 이름 마지막 글자를 따 '준이야' 부르곤 했다. 결국 내 이름과 발음이 같아져 버렸다. 그래서 더 좋았다. 누군가를 부르면서 동시에 내 자신을 부르는 일은 흔치 않다.

한번은 준이가 약속하지 않고 집에 찾아온 적이 있었다. 일 끝나고 부서 회식이 있을 예정이라고 해서 데이트 약속을 잡지 않은 날이었다. 문을 열어주자 그가 서 있었다. 기타를 들고.

"깜짝 선물이에요."

그는 나를 홍대 놀이터로 이끌었다. 주변으로 지나가는 사람들이 힐금힐금 쳐다보는 가운데, 벤치에 앉아 기타를 치며 노래를 불러주었다. 제목을 모르는 올드팝도 몇 곡 불러주었고 가요도 불러주었다. 들국화의 노래가 마지막이었다.

매일 그대와 아침 햇살을 받으며, 매일 그대와 눈을 뜨고파. 매일 그대와 도란도란 둘이서, 매일 그대와 얘기하고파. 새벽 비 내리는 거리도 저녁놀 불타는 하늘도, 우리를 둘러싼 모든 걸 같이 나누고파. 매일 그대와 밤에 품에 안겨, 매일 그대와 잠이 들고파.

여섯 개의 줄을 튕기는 손가락 하나하나를 쓰다듬고 싶었다. 나만을 위해 노래하는 붉은 입술에 입 맞추고 싶었다. 별빛 달빛 은은한 밤하늘 아래 울리는 노랫소리, 기타 소리는 눈물겨울 만큼 좋았다.

"가수를 하지 그랬어?"

"목소리가 별로잖아요."

"완전 좋은데?"

"평범해요."

"난 수백 명 목소리가 섞여 있어도 니 목소리를 골라내겠다."

"누나니까요. 저도 그래요."

"부러워. 나는 피아노도 기타도 못 쳐."

"기타 가르쳐 드려요?"

"어렵지 않아?"

그날부터 기타 강습이 시작되었다. 그는 기타를 선물로 줬고 몇 권의 연습교본도 사주었다. 하루걸러 하루꼴로 기타를 가르쳐주고 숙제를 내주었다. 레슨을 받다가 정신 차려 보면 침대 위에서 뒹굴고 있을 때도 많았지만 보름 정도 열심히 배우고 연습하다 보니 간단한 코드는 잡을 수 있을 정도였다. 손가락 끝에 굳은살이 생기는 과정도 기꺼이 참을만한 아픔이었다. 배우는 재미가 쏠쏠했다.

하루는 준이가 목적지를 얘기해주지 않고 자기 차에 나를 태운 적이 있었다. 심지어는 수면 안대로 내 눈을 가렸다.

"꼭 이렇게 해야 해?"

"참는 자에게 복이 있나니."

그는 라디오에서 흘러나오는 노래를 따라 부르며 차를 몰았다. 인공적인 암흑 속에서 나는 근사한 레스토랑을 떠올렸다. 혹시 준이가 프러포즈를 할지도 모른다고 생각했다. 종우 오빠가 그랬던 것처럼.

그즈음까지도 오빠는 묵직하게 내 마음 한구석을 누르고 있었다.

나는 너를 놓지 못한다. 그러니 기다릴 수밖에 없다.

아직도 기다리고 있을까?

나를 빨리 잊기를 바랐다. 그마저도 죄책감을 덜려는 이기적인 생각이었지만.

나도 안다. 내가 나쁜 년이었다. 적어도 오빠와 오빠의 주변 사람들에게는. 조금 덜 나쁜 년이 되는 길을 택했을 뿐이다.

침울한 생각을 애써 떨쳐내고 목적지를 상상했다. 차는 가다 서기를 반복했고 좌회전 우회전도 잦았다.

"다 왔어?"

"조금만 더 기다려요."

마침내 차가 멈추고 시동이 꺼졌다. 그의 손이 안대를 풀어주었다.

화곡동 미성아파트 앞이었다. 부모님께서 귀농하시기 전까지 내가 살던 아파트. 10년 전 한 소년의 무모한 사랑이 싹텄던 곳.

"꼭 같이 와보고 싶었어요."

그는 나를 이끌고 아파트 안으로 들어갔다. 우리 둘의 집이 나란히 있던 복도를 걸었다. 107호, 108호 사이에 멈춰 섰다. 나도 모르게 피식 웃음이 났다. 그도 소리 내어 웃었다.

"겁이 나요."

흩어지던 웃음 속에 그가 말했다. 나는 그의 뺨을 양손으로 감싸 주며 물었다.

"뭐가?"

"다시 누나와 떨어질까 봐."

뭐라고 답해야 할지 몰랐다. 그럴 일 없다고, 우리 사랑은 영원할 거라고 말할 자신은 없었다. 이런 사랑을 해 본 일조차 처음인데 그 끝이 어떨지를 예상하기란 불가능하잖아. 다만 나는 이렇게 위로했다. 다시 겁 많은 소년으로 돌아간 그를, 그리고 불확실성의 인생을 막 시작한 내 자신을.

"아주 오래오래 너와 함께 하고 싶어. 손톱만큼의 과장도 없는 내 진심이야."

그날 밤 우리는 내 방에서 함께 지냈다. 참 많은 대화를 나누었던 밤이었다. 그는 내 첫 번째 남자를 궁금해했다. 나로서는 다시 떠올리기도 싫은 기억이었는데.

"시시했어. 내 인생에서 가장 후회하는 부분이야."

"어느 정도였기에 그래요?"

"대학교 2학년 때였어. 만난 계기도 시시했지. 미팅에서 만났으니까. 나하고 동갑인 아이였어. 진심으로 나를 위한 적도 없고 애타게 사랑한 적도 없어. 피차 마찬가지였지만. 1주일에 한 번 만날까 말까 한 사이었어. 그렇게 1년을 지내다가 헤어졌지."

"그런데 왜 만났어요? 왜 헤어졌고요?"

"남자친구가 있다는 사실이 위안이 됐어. 나에게는 첫 남자친구였거든. 여자로서 첫 경험이기도 했고. 이건 아닌데, 하는 생각을 하면서도 질질 끌었지."

있는 그대로 말하지 못했다. 부주의한 섹스와 임신. 그 아이의 반응. 그는 짜증을 내면서 말했지.

-조심 했어야지. 돈도 없는데.

얼마나 울었는지 기억도 나지 않는다. 내가 미웠다. 고작 나를 그 정도로 여기는 남자에게 몸을 주었다는 사실이 용서가 되지 않았다. 돈 몇 푼에 몸을 파는 여자와 다를 바가 없다고, 스스로를 힐난했다.

혼자 병원을 찾았다. 침대 위에 몸을 눕히고 눈을 감았다. 공식적으로 확인된 경우만 매일 천명 넘는 사람들이 낙태를 한다는 신문기사로 위로를 삼으려고 했다.

너뿐만이 아니야. 매년 수십만 명, 많게는 백만 명 넘는 여자들이 이런 경험을 해. 교통사고보다 더 흔한 경험일 지도 몰라.

그러나 소용없었다. 암에 걸린 사람이 많다고 암환자가 덜 아프거나 기분이 나아지지는 않으니까.

첫 번째 연애는 그렇게 끝났다. 그 남자와 관련한 모든 것은 까마득히 잊었지만 돌에 새긴 조각처럼 선명하게 남아 있는 기억도 있다. 일부러 집에서 먼, 다시는 올 일이 없는 동네까지 가서 찾은 산부인과. 그곳의 냄새와 낡은 침대, 시간이 맞지 않던 벽시계까지도 고스란히 기억한다.

"내가 누나의 마지막 남자였으면 해요. 누나도 나에게 그럴 테니."

준이의 음성은 부드러운 붓처럼 내 마음을 쓰다듬었다. 고통스러운 옛 생각이 자취를 감출 만큼. 나는 그의 품 안으로 파고들며 부탁했다.

"꼭 안아줘. 그리고 재워줘."

그는 내 등을 천천히 토닥여주었다. 이럴 때는 동생이 아니라 아빠 같다. 안심하고, 편안하게 잠이 든다. 그의 품 안에서.

깊게 잠들었다가 눈이 떠졌다. 시간은 확인해보지 않았는데, 늦은 새벽 같았다. 오피스텔의 넓은 창문을 통해 들어온 달빛이 방에 가득했다. 잠들어 있는 그의 얼굴에 은은한 빛이 묻어 있었다.

그가 깨지 않도록 조심해서 머리카락을 쓰다듬어 본다. 부드러운 목덜미에 손을 얹어보기도 한다. 그런 동작만으로도 나는 느낀다. 합일감과 충만함을.

니가 좋아. 나 역시 너와 떨어질까 봐 두려울 만큼 너를 좋아해.

문득 기타가 치고 싶었다. 이제 코드를 거의 다 익힌 들국화의 〈매일 그대와〉. 준이가 선물로 준 기타는 한쪽 벽에 놓인 스탠드에 선 채 잠들어 있었다. 하얀색 바디를 가진, 준이와 닮은 기타. 언젠가는 너를 연주하면서 끝까지 노래를 불러줄게.

매일 그대와 밤에 품에 안겨, 매일 그대와 잠이 들고파.

하루하루 입에 침이 고일 정도로 행복한 나날이었다. 그 무렵 또 다른 사건이 있었다. 처음으로 장편영화 시나리오를 완성했다. 몇 달 전부터 습작으로 다듬어 오던 시나리오였는데 스토리가 잘 풀려 장편 영화의 길이로 결과물이 나온 것이었다.

교육원의 동료 몇몇과 연이에게 메일로 시나리오를 보내 모니터를 부탁했다. 기대보다 좋은 평이 돌아왔다. 교육원 반장 오빠는 당장 공모전에 내보라며 나를 부추겼다.

"이 정도면 영화사에 돌려봐도 되겠다. 아직 다듬을 부분은 많지만 큰 덩어리가 잘 잡혀 있어. 캐릭터도 선명하고."

연이도 힘을 실어주었다. 가을바람이 좋던 9월의 마지막 날 우체국에 가서 시나리오를 부쳤다. 연말에 결과를 발표하는 공모전으로.

가벼운 발걸음으로 우체국에서 나왔다. 늦은 오후에서 저녁으로 향하는 시간이었다. 하늘에 구름이 많았다. 아사히 생맥주에 얹힌 하얀 크림 같은 구름이 하늘의 절반 이상을 감싸고 있었다. 준이는 바이어가 와서 저녁 내내 에스코트를 해야 한다고 했다. 나는 여유로운 기분으로 하늘 구경을 했다. 도심 속에 있는 공원을 산책하면서. 마치 재미있는 영화를 중간에 끊기 힘든 것처럼 곧 펼쳐질 노을이 기대되어 자리를 뜨지 못했다. 우체국에서 멀지 않은 샌드위치 가게에서 햄 치즈 샌드위치와 커피를 샀다. 다시 공원으로 돌아와 벤치에 자리를 잡았다. 혼자만의 식사를 하면서 천천히 노을 지는 하늘을 감상했다.

파란 하늘을 집어삼키는 붉은 노을을 보고 있자니 뭔가가 몰려드는 예감이 들었다. 갑자기 찾아드는 낯선 감정에 소름이 오소소 돋았다. 핸드폰이 드르륵 몸을 떨었다.

참 이상한 일이다. 왜 어떤 이의 전화는 액정에 뜬 번호를 확인하지 않아도 누구인지 알까?

망설이거나 거부하지 않았다. 이미 마음이 충분한 거리를 두고 멀어졌다는 생각에.

"오랜만이에요."

그렇게 전화를 받았다. 그이는 쓸데없는 안부 인사는 생략하고 바로 용건을 전했다.

"나도 알아. 니 마음이 다시 돌아왔다면 먼저 연락을 했겠지. 만나서 전할 말이 있어서 전화했어."

잠시 고민하다가 대답했다.

"지금 전화로 얘기하세요."

"전화로 할 말이었으면 벌써 했겠지. 30분만 시간 내줘."

더 이상은 거절하지 못했다.

종우 오빠는 눈에 띄게 살이 빠진 모습이었다. 나 때문일까? 생각하면서 그를 마주했다. 한가로운 분위기의 카페였다. 정면으로 바라보는 그의 시선이 부담스러워서 괜히 카페 안을 둘러보았다. 회피하고 싶은 기분. 주인공이 아니라 풍경이 되고 싶은.

"무릎 꿇고 빌기라도 해서 니가 돌아온다면 그렇게 하겠다."

나는 갑자기 화가 났다.

"왜 그래요? 오빠도 알잖아요. 저 그렇게 특별한 여자 아니에요. 무릎을 꿇다니요?"

"누군가가 특별한 이유는 그 사람이 대단해서가 아니야. 그 사람 밖에는 가슴의 빈 공간을 메울 수 없을 때, 그 사람이 특별해지는 거야."

"제가 오빠의 가슴을 채워주나요?"

그는 고개를 끄덕였다.

미안한데, 오빠는 그렇지 않아요.

그는 마치 내 생각을 읽은 것처럼 덧붙였다.

"일방적이어도 좋아. 내 곁에 있어줘."

"그게 무슨 의미가 있어요? 마음은 없는 빈껍데기일 텐데요. 정말 저를 사랑하나요? 오빠가 견고하게 세워 놓은 인생 계획이 틀어지니까 저를 그냥 붙잡아두려는 건 아니고요?"

그의 얼굴이 일그러졌다. 그러나 그는 금방 표정을 수습했다.

"너에게 말하지 못한 일이 있었어. 이런 얘기를 한다고 니 마음이 달라지지는 않겠지만. 적어도 나를 조금 더 이해하는 계기는 될 테니까.

아주 오래전 이야기야. 박정희 대통령이 총에 맞아 죽은 지 며칠 안 되었을 때. 막 열 살이 넘은 꼬마 아이가 느끼기에도 세상이 뒤숭숭하게 돌아간다 싶었어. 말 한마디 잘못하면 잡혀가던 시절이었는데 대통령이 총에 맞아 죽었으니 말이야. 혹시 그때 기억나니?"

나는 고개를 내저었다. 내가 겨우 네 살일 때였다.

"부모님은 시절이 수상하다고 나랑 형을 멀리 나가 놀지 못하게 했어. 형은 나보다 한 살이 더 많았지. 한창 장난치고 나가 놀기 좋아하던 형제는 집에만 있기 좀이 쑤셨어. 놀 거리를 찾던 우리는 아파트 옥상 문이 열려 있는 걸 발견했어. 호기심이 발동해서 옥상으로 나가봤지. 고작 12층 아파트 옥상이었지만 어릴 때 느낌으로는 정말 까마득했어."

그는 앞에 놓인 커피를 한 모금 깊이 마시고 말을 이었다.

"엘리베이터 실 보수공사를 하느라 자갈하고 벽돌이 구석에 쌓여 있지. 우리는 자갈을 주워서 아래 화단으로 던지는 놀이를 했어. 아래로 낙하하는 모습이 재미있었어. 처음에는 손톱만 한 자갈로 시작했다가 점점 돌이 커졌어. 나는 벽돌을 집었어."

그는 심호흡을 하고 말했다.

"내가 던진 벽돌은 화단에 안 떨어지고 아파트 현관으로 날아갔어. 그 앞으로 지나가던 사람 머리에 떨어졌지. 젊은 아가씨였어. 병원으로 옮겨졌는데 의식을 회복하지 못하고 식물인간이 됐고, 1년을 버티지 못하고 죽었어."

나는 주먹을 꽉 쥐었다. 고통이 전이되는 기분이었다.

"나이가 너무 어려서 처벌은 받지 않았어. 모두 나를 괴물로 보는 것 같았어. 나는 극심한 공포와 죄책감에 시달렸어. 자폐증까지 왔어. 피해자 아버지는 한동안 술만 마시면 우리 집에 찾아왔어. 그럴 때마다 우리 가족은 전부 무릎을 꿇고 빌어야 했어. 결국 형은 외국으로 갔지."

"그 이야기를 저한테 하는 이유가 뭐죠?"

그는 아랑곳하지 않고 계속했다.

"몇 년이 지나고 나서야 조금씩 나아졌어. 그 이후로 나는 계획에 없던 일은 하지 않아. 아니, 하지 못해. 신나고 즐거운 기분도 느끼기 힘들어. 왠지 그러면 안 될 것 같아서야. 나는 회계사라는 직업이 좋아. 숫자에는 감정이 없으니까. 나도 알아. 내가 재미없는 사람이라는 걸. 그러나 나는...... 나는."

그는 더 이상 말을 잇지 못했다. 나도 모르게 테이블 위에서 떨고 있는 손을 잡아주었다. 그는 떨리는 목소리로 말했다.

"요즘도 가끔 악몽을 꿔. 나는 까마득히 높은 곳에서 돌을 던져. 아래에 있던 누군가의 머리가 박살 나지. 돌은 맞은 사람도 바로 나야. 깨져서 피를 철철 쏟는 내 자신을 지켜보는 사람도 나고. 사건 이후로 부모님과의 관계도 어색해져 버렸어. 친구도 쉽게 사귀지 못해. 그런 나를 살갑게 대해준 사람이 바로 너였어."

"제 직업이었잖아요."

"아니. 그렇지 않아. 다른 간호사들은, 티를 내지 않으려고 해도 간염환자인 나에게 조심스러웠어. 너는 달랐어. 똑같이 친절하고 스스럼없이 대해주었지. 너는 나를 간호해 준 게 아니야. 너는 나를 구원해줬어. 나를 버리지 마."

그의 두 눈에는 진심이 가득 고여 있었다.

제발 나를 버리지 마.

종우씨의 고백을 듣고 난 뒤 며칠 동안 우울 모드였다. 준이는 그런 나를 즐겁게 해주려고 애쓰다가 잘되지 않자 내가 평정을 찾을 때까지 기다려주는 모습이었다.

인생에서 어떤 사건이 일어나느냐도 중요하지만 어떤 순서로 일어나느냐도 중요하다. 희준을 만나기 전에 종우씨의 아픔을 전해 들었다면 어땠을까? 지금도 느껴지는 연민의 정이 더 크지 않았을까? 기화점을 넘은 물이 끓어 수증기가 되듯이, 연민의 감정이 끓어 사랑으로 변하는 일도 벌어지지 않았을까?

그러나 늦었다. 이미 나에게는 뜨겁게 타오르기 시작한 열정의 대상이 있었다. 보기만 해도 만지기만 해도 떨리는.

그 뒤로 종우씨는 연락이 없다. 나는 다시 그에게 돌아갈 생각이 없었다. 다만 며칠 동안의 시간은 필요하다고 생각했다. 나에게도, 그에게도.

그렇게 10월을 맞이했다.

예정일에서 열흘이 지나도록 생리가 없어서 찾아간 병원이었다. 엄마뻘은 되어 보이는 여의사는 빙긋이 웃으며 말했다.

"임신입니다."

뭐라고요? 의사의 목소리가 윙윙 메아리쳤다. 나는 한참 동안 눈만 껌벅거리다가 기어 들어가는 음성으로 물어보았다.

"얼마나 되었나요?"

"6주입니다."

누군가 내 머리를 한 대 후려치는 기분이었다.

6주. 시간의 장난이다. 아직 준이를 만나기 전인데. 결혼 전에 아이를 만들고 싶다며 종우씨가 규칙적으로 나를 안던 시기였다. 내 목소리는 형편없이 떨리고 있었다.

"오차는 없나요?"

"무슨 뜻이지요?"

"기간이 정확히 6주가 맞나요?"

그제야 의사는 내 심리 상태를 알아차린 듯했다.

"하루 이틀 차이가 날 수는 있겠지만 8월 18일에서 8월 22일 사이인 것은 분명합니다."

기억이 났다. 몹시 무더웠던 저녁이었다. 미리 가는 신혼여행을 앞두고 들뜬 기분. 저녁 식사를 하고 시내 호텔로 향했다. 그가 같이 여행을 못 가겠다고 통보하기 불과 며칠 전이었다.

병원에서 나왔다. 다리가 휘청거리지 않도록 힘을 줘야 했다.

준이와의 데이트 약속을 취소하고 방에 틀어박혔다. 몇 시간을 구석에 웅크리고 있었다. 검고 붉고 무거운 구름이 몸 안의 하늘에 가득 차올랐다.

연이에게 전화를 걸었다. 밤 열 시가 넘은, 실례임이 분명한 시간인데도 불구하고. 그녀는 당연한 짜증을 냈다. 나는 털어놓을 수밖에 없었다.

"나 임신이래."

그녀는 한동안 말이 없었다. 나도 말을 잇지 못했다.

"희준씨 아이니?"

"아니."

수화기 너머로 놀람과 탄식이 섞인 숨소리가 들렸다. 나는 싹싹 비는 심정으로 부탁했다.

"여기로 와줘."

상계동에서 홍대까지, 그녀는 30분 만에 날아왔다. 나를 보자마자 꼭 끌어안아 주었다.

막상 그녀가 왔는데도 나는 별말을 하지 못했다. 혼자가 아니라는 사실만으로도 큰 위로였다. 여고 시절처럼 손을 꼭 잡고, 우리는 소파에 나란히 앉아 무거운 시간을 견뎠다. 내가 물었다.

"벌을 받은 걸까?"

"무슨 뜻이야?"

"이기적으로 행동했던 벌."

"넌 감정에 충실하고 또 솔직했어. 나쁜 년이라고 했던 내 말, 지나쳤어. 게다가 아이가 듣고 있는데 벌이라니. 아이는 축복이야."

그녀의 마지막 말이 가슴을 쳤다. 나는 눈물을 꾹 누르고 말했다.

"어떤 거대한 손이 나를 잡아 올리는 기분이야. 원하는 길로 가고 싶은데 신이 허락하지 않나봐. 그러지 말라고 나를 번쩍 들어 다른 길 앞에 세웠어. 어떻게 할까?"

연이는 대답 대신 내 눈물을 닦아주었다. 나를 꼭 안아주며 속삭였다.

"스릴러 영화만 반전이 있는 게 아니야. 드라마도, 액션물도, 로맨틱 코미디도 다 반전이 있어. 톤의 반전, 정서의 반전, 캐릭터의 반전. 그건 영화가 뻔하지 않다는, 볼 만 하다는 뜻이야. 반전이 있는 영화가 좋은 영화야. 인생도 마찬가지지. 그러니 너무 노여워하거나 슬퍼하지 마."

그게 가능하기나 하니? 미안하지만 너의 진심 어린 위로도 받아들일 여유가 없구나. 너무 노여워서, 너무 화가 나서.

나는 절박한 심정으로 외치듯 물었다.

"어떡하면 좋지? 나 어떡해?"

그녀의 대답이 눈빛으로 전해졌다.

니 마음에게 답을 구해봐.

천천히 만져본다. 벽지, 책상, 화장대, 에어컨, 책장, 침대, 싱크대, 방의 구석구석까지 손끝으로 느껴본다. 한때 나만의 공간이었던 이곳은 사랑의 추억이 가득한 방이 되었다. 만난 지 한 달 만에 그는 나를 송두리째 가졌고 또 그의 모든 것을 송두리째 나에게 바쳤다. 이 방에서.

그가 선물로 준 기타를 집어든다. 소파에 앉아 줄을 튕겨본다. 목소리가 나오지 않아 노래를 부르지 못한다. 허망한 기타 소리가 겁먹고 움츠려든 공간을 울린다.

문득, 그가 앞에 있는 것 같다.

치아를 고스란히 드러내며 웃는 미소. 드라카 느와의 향기. 부드러운 목덜미. 나만을 위해 노래하는 목소리. 밤새도록 사랑을 나누던 순간이 오감을 통해 고스란히 되살아난다.

아주 오래오래 너와 함께 하고 싶어.

아주 오래오래.

오래오래.

내가 나를 용서할 수 있을까?

다시 반전(反轉)

 정수기에서 얼음을 받은 뒤 찬물을 따랐다. 여름은 지났지만 얼음물은 사시사철 내가 좋아하는 음료다.
 영화사 대표가 시나리오 작가 출신이어서인지 사무실에는 작가를 배려한 부분이 많았다. 얼음까지 나오는 정수기부터 커피 머신, 푹신한 소파, 큼직한 벽걸이 TV까지.
 시나리오 작가로 데뷔하는 과정에 있어서만큼은 참 운이 좋았다. 내가 처음으로 완성한 장편 영화 시나리오는 엉뚱한 여자 캐릭터와 순진하면서도 변함없는 남자 캐릭터가 엮어나가는 로맨틱 코미디였다. 전개나 표현에 거친 부분이 많았지만 주변 사람들은 호평을 해주었다. 특히 연이가 적극적으로 나섰다. 이미 개봉한 두 편의 영화에

작가로 크레딧을 올린 그녀는 알고 있던 영화사 PD들에게 내 시나리오를 소개했다.

시나리오를 받아본 영화사들 중에 한 곳이 계약을 제안했다. 나로서는 그저 얼떨떨할 뿐이었다. 연이에게 도움을 청했다. 일단 각본 계약을 하고 연이가 함께 각색 작업을 도와주었다. 몇 달 동안 제작사와 밀고 당기기 작업 끝에 촬영본 시나리오가 완성되었다. 영화는 후반 작업으로 넘어갔고 곧 개봉을 앞두고 있었다.

−이제 너도 시나리오 작가로 이름을 올리는 거야.

연이가 더 기뻐해 주었다. 그녀는 곧 또 다른 일을 들고 왔다. 이번에는 다른 작가의 시나리오를 각색하는 일이었다. 나는 머뭇거렸으나 그녀는 나를 북돋아 주었다.

−각색료는 반반 나누자. 우리는 호흡이 잘 맞아. 나는 굵직한 스토리에 관심이 많고, 너는 디테일이 좋으니.

그렇게 해서 지금 나는 시나리오 작가로 일하고 있다. 가정집을 개조한 제작사 사무실은 신사동 브로드웨이 극장 위쪽으로 올라가면 나오는 주택가에 위치했다. 창이 넓고 많았다. 한창 좋은 가을 햇살이 넉넉하게 들어왔다.

키보드 옆에는 긴 유리잔에 물이 담겨 있다. 매끄러운 잔 표면에 맺힌 물방울이 하나둘씩 미끄러지는 모습을 지켜본다. 글을 쓰다가 막힐 때면 종종 주변의 사물을 지켜보는 습관이 있다. 대화를 나누듯 말을 걸어보기도 한다.

"배 안 고프니?"

저만치 떨어진 곳에서 글 작업을 하던 연이가 물었다. 오랜만에 야구 모자를 쓰고 나온 그녀는 꼭 여대생처럼 발랄해 보였다.

"뭐 시켜 먹을까?"

그러고 보니 점심시간이 한참 지났다.

"답답하지 않아? 산책도 할 겸 나가서 먹고 오자."

연이가 제안했다. 잠시 글이 막혀 있던 나도 동의하고 사무실을 나섰다. 발에 꼭 맞는 운동화를 신고 골목을 걷는 기분이 좋았다. 느긋하게 경사진 골목을 걸어 내려가면 맛집이 많이 모여 있는 신사동 유흥가가 나왔다.

"오랜만에 순두부찌개 어때?"

연이가 물었고 나는 이견 없이 고개를 끄덕였다. 우리는 북창동 순두부라는 흔한 이름을 가진, 그러나 맛이 나쁘지 않은 식당에 들어가 순두부를 주문해 먹었다. TV에서 배우 심은하의 결혼 소식을 전했다. 연이는 순두부를 후후 불어 떠먹으면서 혼잣말을 했다.

"은하 언니도 아줌마 대열에 합류하는구나. 별수 없지."

"남편감이 의외네?"

"그러게 말이야. 사람 인연이라는 게 참."

그녀는 뚝배기 안에 든 계란 노른자를 반으로 쪼개 수저로 건져 먹었다. 밥을 먹을 때면 참 맛있게 먹는 그녀다.

보통은 각자 집에서 작업을 한다. 이렇게 영화사에 출근해 함께 작업하는 날은 일주일에 이틀이다. 공동작업이라고 부르긴 하지만 어디까지나 연이가 주도를 하고 나는 그녀를 받쳐주는 역할이다. 많이 배운다. 시나리오 말고 다른 것들도. 그녀는 나 모르게 몇 년쯤 더 산 언니 같다. 다시 태어난다면 나도 그녀처럼 씩씩하고 당당해지고 싶다.

밥을 먹은 우리는 산책하듯 가로수길까지 걸었다. 주말이면 편하게 걷기 힘들만큼 사람이 많이 몰리지만 평일 낮의 가로수길은 참 여유롭다.

우리는 자주 찾는 카페에 들렀다. 테라스처럼 야외로 나와 있는 테이블에서 아메리카노를 마시면서 잘 풀리지 않던 시나리오의 결말 부분에 대해 생각을 나눴다.

좋아하는 친구와 함께, 하고 싶던 일을 하고 있다. 하얀 뭉게구름이 두어 개 동동 띄워진 가을 하늘처럼 만족스러운 일상이다.

오후 내내 영화사 사무실에서 시나리오 작업을 하다가 집으로 돌아왔다. 보미를 봐주는 아주머니가 환하게 웃으며 나를 반긴다. 나는 어깨에 멘 크로스백도 내려놓지 않고 보미를 품에 안았다. 평화로운 아기 젖 냄새가 후각으로 스며든다.

"보미가 이제는 뛰려고 하네. 요만할 때 애들 다치기 쉬우니까 눈 떼지 말고 봐."

"네, 이모님. 수고하셨어요."

아주머니는 내가 옷을 갈아입을 때까지 기다렸다가 퇴근했다.

"우리 보미 이제 엄마랑 놀까? 오늘 하루는 어땠니?"

보미하고 장난감을 주거니 받거니 놀아주다가 밥때가 됐다. 식탁 앞에 놓인 아기 의자에 보미를 앉히고 벨트를 잠근다. 이유식을 준비할 때까지 아기가 지루해할까 봐 보미가 제일 좋아하는 수달 인형을 쥐어 준다. 싱크대 앞의 창을 반쯤 연다. 아직은 바람이 차갑기보다는 시원하다. 가끔 보미를 돌아보면서 이유식을 준비했다.

"보미야. 우리 맘마 먹고 한강 산책하러 나가자. 조금 더 지나면 추워서 산책하기 힘드니까 부지런히 나가야지."

아직 말을 하지 못하는 아기에게 자꾸 말을 건다. 신기하게도 아기가 대답 하는 것 같다. 네 엄마, 저도 좋아요.

이유식을 먹이고 유모차에 보미를 태우고 한강으로 나갔다. 아파트 단지와 한강 시민공원 입구가 연결되어 있어 산책하기는 그만이다. 천천히 해가 저무는 하늘을 보면서 걷는다. 내 삶은 산책하듯 느리게 흘러가고 있다. 매일 걷는 산책로에 특별한 풍경이 나타나지 않듯이 나의 일상도 마찬가지다. 안단테, 안단테.

산책을 마치고 돌아온 시간은 어김없이 저녁 일곱 시. 보미를 목욕시키고 저녁 준비를 하다 보면 그이가 벨을 누른다. 비밀번호를 누르면 문이 열리는데도 꼭 벨을 눌러서 내가 문을 열어주기를 원한다. 그게 좋단다. 나로서도 그 정도 수고쯤이야.

"별일 없었지?"

언제나 같은 그이의 인사다. 부드러운 미소와 함께. 나 역시 항상 같은 인사를 건넨다.

"당신은요?"

"좀 바빴어."

그이는 딸아이를 끔찍하게 예뻐한다. 양복 재킷만 벗고 손을 씻은 뒤 바로 보미에게 직행이다. 보미 역시 아빠의 사랑을 느끼나 보다. 아빠만 보면 생글생글 이다. 작년부터 조금씩 빠지기 시작해 이제는 듬성듬성 빈 곳이 많은 아빠의 머리를 잡고 장난을 친다. 어쩌면 신경 쓰일 법한 일인데도 그이는 아이의 장난을 받아준다. 오히려 내가 신경이 쓰인다. 남편의 성격상 가발을 쓰거나 모발 이식 수술을 할 사람은 아니다.

오랜만에 미역국을 끓이고 삼치를 구웠다. 그이는 맵고 짠 음식을 별로 안 좋아한다. 덕분에 나도 결혼 후에 식성이 많이 바뀌었다. 그이는 매일 점심을 사먹는다며 특별한 일이 아니면 외식을 하기 싫어

한다. 1년 동안 매일 저녁을 준비하다 보니 요리솜씨가 부쩍 늘었다.

저녁 식사가 끝나고 나면 항상 과일을 먹으면서 저녁 뉴스를 본다.

"삼성전자 이재용 상무가 계열사인 서울통신기술의 전환사채를 헐값에 사들여 막대한 시세 차익을 남긴 사실이 드러났습니다."

기자는 상기된 얼굴로 뉴스를 전했다. 나로서는 별로 관심이 없는 뉴스다. 사실 나는 세상 돌아가는 일에 별로 관심이 없는 편이다. 어릴 때는 무관심이 걱정되기도 했다. 이제는 굳이 관심을 안 가져도 세상은 정해진 선로를 따라 칙칙폭폭 움직인다는 사실을 안다.

뉴스 앵커는 계속해서 나와 상관없는 뉴스를 전했다. 청주지방법원 충주지원 형사부는 꽃동네 오웅진 신부가 서류를 꾸며 국고보조금을 타낸 혐의에 대해 유죄를 선고했다. 유네스코 총회에서 회원국들은 문화적 표현의 다양성 보호와 증진을 위한 협약을 채택했다. 아프가니스탄 주둔 미군 병사들이 탈레반 포로의 주검을 불태우고, 마을 주민들과 이슬람교를 모독하는 내용을 담은 비디오가 방송되었다고 한다.

"나 출장 가."

사과를 씹으면서 뉴스를 보던 남편이 말했다.

"언제요?"

"다다음주. 그러니까 11월 첫째 주 목요일부터 일주일 동안. 그 다음 주 수요일에 귀국해."

"중국이요?"

"응. 효성 물산 상해 법인."

전공은 경영학이었지만 따로 익힌 중국어 실력이 꽤 수준급이었던 남편은 중국으로 자주 출장을 갔다. 서너 달에 한 번꼴로. 남편이 출장을 가고 없는 동안에도 나의 일상은 안정과 평화의 두 축으로 움직였다.

저녁 뉴스가 끝나면 남편은 잠깐 보미와 놀아주다가 집에서 멀지 않은 헬스클럽을 다녀온다. 그동안 나는 아기를 재우고 설거지를 한다. 시간이 남으면 책을 읽기도 한다. 10분의 오차도 없이, 남편은 항상 11시 30분에 집으로 돌아온다. 그리고 자정이 되면 우리는 같은 침대에 눕는다. 굿나잇, 입을 맞추고 잠이 든다. 일주일에 한 번, 또는 보름에 한 번 관계를 가진다. 규칙적인 섹스다. 나의 하루하루처럼.

만족스럽다. 그렇게 스스로에게 말해왔다. 더 이상 바란다면 주제넘은 욕심이라고 생각하면서. 나는 꼼꼼하게 바느질을 하듯 내 의식을 꿰맸다. 과거를 회상하는 일도, 무엇인가를 짐작하는 일도, 그리움도, 후회도 꿰매버렸다. 내가 이토록 독한 여자였나, 또 놀랐다.

가끔 이상한 꿈을 꾸기도 했다. 꿈마저 어떻게 할 수는 없었다. 현실에서 꾹꾹 틀어막았던 의식의 흐름이 꿈을 통해 콸콸콸 흐르는 것인지도. 꿈에서 나는 종종 달리곤 했다. 처음에는 옷을 입고 있었으나 나중에는 항상 알몸이었다. 나는 수치스러워하면서도 계속 달렸다. 왼발 오른발 왼발 오른발, 맨발로, 젖가슴을 덜렁거리며. 어디로

가는지는 몰랐다. 꿈이 깰 때쯤이면 항상 그 얼굴이 보였다. 떠올려서는 안 될 얼굴. 새하얀 미소. 그리고……

안 돼, 준희야. 안 돼.

"다녀올게. 우리 보미도 잘 있어."

남편은 현관 앞에서 배웅하는 나와 보미에게 입을 맞춰주고는 집을 나섰다. 이렇게 출장을 갈 때면 혹시 깜빡하고 안 챙겨준 물건이 있나 불안해졌다. 어떤 때는 면도기, 어떤 때는 칫솔을 빼먹었다.

아직 출장이 뭔지 모르는 보미는 아빠가 나간 뒤에도 닫힌 문을 보며 손을 흔들어주었다. 오늘은 영화사 사무실에 출근하는 날이었다. 시나리오 초고가 완성되기 직전이었다. 잘 풀리면 11월 안에 시나리오를 털게 될지도 몰랐다.

아주머니가 오실 때까지 보미하고 놀았다. 거실에 앉아 책을 읽어주자 손으로 그림을 가리키며 옹알이를 한다. 자꾸 입을 열려고 애쓰는 모습을 보면 금방 말을 시작할 모양이다. 기대하고 있다.

"조금 늦었네. 우리 영감이 뭘 자꾸 물어보고 그래서."

아주머니가 들어오면서 미안해했다.

"아니에요. 급하지 않아요. 참, 보미 아빠 오늘부터 일주일 동안 출장이에요."

"그랬어? 우리 보미, 아빠 보고 싶어서 어떡하누?"

아주머니는 막 쉰 살을 넘긴 베테랑 도우미였다. 평범한 주부였는데 IMF 때 남편이 실직한 뒤로 도우미 일을 시작했다고 한다. 몇 년 전부터 장사를 시작한 남편의 벌이가 괜찮아서 이제는 도우미 일을 안 하셔도 되는데 그냥 집에 있기가 싫어 용돈 벌이로 일을 해오던 중 나와 인연이 되었다.

나는 아주머니가 무척 마음에 들었다. 시원시원한 성격도 좋고, 내가 급한 일이 생겨서 밤늦게까지 아이를 봐달라거나 아침 일찍 와달라고 해도 한 번 싫은 내색을 하지 않고 부탁을 들어주셨다. 물론 늘어난 시간만큼의 돈을 지불했지만.

태어나서 이렇게 경제적으로 풍요로운 생활을 하긴 처음이었다. 모두 남편 덕이라는 걸 잘 안다. 남편은 세금을 떼고도 매달 천만 원 가까운 돈을 가져왔다. 매달 갚는 주택 대출과 생활비를 제하고 펀드와 적금도 조금씩 넣었다. 재테크의 대부분은 남편 몫이었다. 나는 적당한 선에서 생활비를 유지하는 일에만 신경을 썼다. 쇼핑을 그다지 좋아하는 성격이 아니었기에 크게 돈 쓸 일도 없었다.

시나리오를 써서 버는 돈은 고스란히 내 몫이었다. 결혼하면서 남편이 선을 그어둔 부분이었다. 그래야 내가 더 신이 나서 글을 쓸 수 있지 않겠냐며. 핸드백을 사든지 비싼 요리를 사먹든지 기부를 하든지 마음대로 쓰라고 했다. 그는 분명함과 너그러움을 함께 갖춘 사람이었다.

좋은 사람. 달리 그를 표현할 방법이 없다.

청담동에서 신사동까지, 거리는 짧지만 막히는 곳이 많은 구간이다. 운전할 때면 항상 라디오를 듣던 나는 이제 라디오를 듣지 않는다. 정확히 말하면 음악을 듣지 않는다.

침묵 속에서 운전하는 일도 이제 조금씩 익숙해져 간다. 시간이 더 흐르면 편하게 라디오를 켜도 좋지 않을까? 흐르는 노래를 따라 불러도 괜찮을까? 나도 모르게 노래 가사에 놀라 눈물이 고이는 일은 더 이상 없을까?

창밖으로 보이는 하늘이 꾸물꾸물하다. 어제는 하얗던 구름이 회색빛으로 젖어 있다. 반쯤 창문을 내리고 운전했는데 바람이 좀 차서 창문을 올렸다.

영화사 사무실 앞 골목에 차를 댔다. 가정집을 사무실로 개조한 건물이어서 넓은 마당이 있었다. 연이가 마당 중앙에 놓인 테이블에 앉아 있다가 나를 반겼다.

"왔어?"

"좀 늦었지? 오늘따라 많이 막히더라."

나는 그녀의 어깨를 가볍게 잡아주었다. 그녀는 조금 날카로워 보였다.

"무슨 일 있니?"

그녀 앞 철제 의자에 앉으면서 물었다. 그녀는 기다렸다는 듯이 이야기를 쏟아냈다.

"기가 막혀서 말이야. 오는 길에 접촉사고가 났어. 내가 깜빡 졸다가 앞의 차를 받았어. 근데 차에서 내린 놈이 너무 지랄을 하는 거야. 길 한복판에서. 내가 보기에 나랑 비슷한 또래 같은데 말끝마다 아줌마 아줌마 하는데. 아휴 내가. 근데 처음에는 그냥 소리 지르는 본새가 괘씸했는데, 보험 처리를 하고 사무실에 와서 앉아 있다 보니 막 슬픈 거야. 아, 내가 이제 아줌마구나."

나는 소리 내어 웃고 말았다.

"결혼해서 애 낳으면 다 아줌마라고 니가 그랬잖아."

"말은 그렇게 해도 말이야. 사실 나 모르는 사람한테 아줌마라고 불린 거 이번이 처음이야. 그래 봤자 서른한 살이잖니. 아직까지는 꼬박꼬박 아가씨 소리 들었어. 그런데 이제 그럴 날도 얼마 안 남았구나 생각하니까, 가을이 왜 이리 쓸쓸하니? 아 씨발 끊었던 담배라도 다시 피고 싶다."

그녀는 진지했다. 하나씩 그녀의 모습을 뜯어본다. 배가 살짝 나오긴 했으나 몸매는 아직 쓸 만하다. 피부도 무척 하얗고 매끄러운 편이고 주름도 거의 보이지 않는다. 늘상 질끈 묶거나 위로 틀어 올리는 머리만 좀 신경을 써서 관리하면 훨씬 어려 보일 텐데 그녀는 귀찮아한다. 옷도 평범한 20대 아가씨처럼 입는다. 오늘은 옅은 핑크색 후드티에 스키니 진을 입었다. 뉴 발란스 운동화를 신고.

"아줌마 같지 않아. 언뜻 보면 여대생 같아."

"그건 니 눈에 그렇게 보이는 거야. 같이 늙어가는 나이니까."

이제 나는 그런 말에 둔감하다. 나이가 들어간다는 것, 늙어간다는 것, 다 나쁘지 않다고 생각한다. 혹 애써 젊음을 포기하고 있는 것일까? 젊음이 두려워서. 젊음이 가진 속성을 감당하기 싫어서 지레 놓아버린 것일까?

"이런 쓸쓸함, 마흔한 살 때는 더하겠지?"

그녀의 질문에 나는 대답하지 못했다. 스물한 살 때 서른한 살의 내 모습을 생각해본 적 없는 것처럼, 지금 나는 마흔한 살의 모습을 생각하지 못하겠다. 지금과 크게 다르지 않겠지, 짐작할 뿐이다.

"신세 한탄하면 뭐하냐? 일이나 하자."

연이는 다시 특유의 씩씩함을 회복하고 사무실로 들어갔다. 나도 따라 들어가 작업을 시작했다.

오전 내내 열띤 토론이 이어졌다. 주인공을 죽이느냐 살리느냐의 문제였다. 연이는 살리자는 쪽이고 나는 죽이자는 쪽이었다. 보통 연이의 의견을 따르는 나였지만 이번에는 주장을 굽히지 않았다. 현실의 삶에서는 모르겠지만 때론 죽음이 생존보다 더 오래 여운을 남길 때가 있다. 우리는 결국 합의를 보지 못하고 점심을 먹으러 나왔다. 연이가 제안했다.

"옛날집 어때?"

"좋아."

브로드웨이 극장 골목길을 따라 올라가다 보면 나오는 식당들 중에 '옛날집'이 있었다. 작가 계약을 하던 날 영화사 PD가 데려가서 밥을 먹은 식당이었다. 함께 영화 작업을 하면서 연이와 몇 번 온 적이 있었다. 80년대 분위기로 간판을 달고 그리 넓지 않은 실내도 80년대 스타일로 꾸며놓았다. 오래된 영화 포스터가 벽지를 대신했다.

별들의 고향, 탑건, 인디아나 존스, 죽은 시인의 사회...... 그런 영화들이 개봉될 때 나는 초등학생이었다. 후에 TV에서 방영할 때 본 게 고작이었다.

우리는 수제비 정식을 시켰다. 말이 거창해서 정식이지 수제비 한 그릇에 주먹밥과 계란 프라이가 곁들여진 소박한 식사였다.

"비 온다."

한참 밥을 먹고 있던 연이가 중얼거리듯 말했다. 미닫이문의 유리창을 통해 비가 떨어지는 모습이 보였다. 11월에 내리는 비치고는 빗줄기가 굵었다. 걷다가 돌부리에 걸려 넘어지는 사람처럼 나는 기억에 걸려 고꾸라졌다.

그랬다. 1년 전 오늘. 2004년 11월 3일에도 비가 왔지. 꼭 이렇게 말이야.

그동안 기도하는 심정으로 회피하고 밀어내던 기억이었다. 시간이 흐르면 흐릿해질 줄 알았는데 털끝만큼도 바뀌지 않은 기억이 밀려왔다. 나는 도망치고 싶었다. 그러나 도망칠 방법을 몰랐다. 어쩌면 애초부터 그 기억으로부터 도망치는 일은 불가능한 일이었을 지도.

가게 안에서는 인테리어에 맞춰서 80년대 팝과 가요를 틀어주었다. 길게 기른 머리를 여자처럼 머리띠로 넘긴 아저씨는 음악을 무척 좋아하는 듯 직접 컴퓨터로 노래를 골라 틀었다. 나는 모르는 팝이 흘러나오자 연이가 반색했다.

"오, 미스터 빅! 투 비 위드 유! (To Be with You) 이 노래 진짜 오랜만이네."

연이가 내내 흥얼거리던 팝송이 끝나자 남궁옥분의 노래가 흘러나왔다.

잊었단 말인가 나를, 타오르던 눈동자를. 잊었단 말인가 그때, 이름을 아름다운 기억을. 사랑을 하면서도 우린 만나지도 못하고. 서로 헤어진 채로 우린 이렇게 살아왔건만.

나는 더 이상 밥을 먹지 못했다. 목이 콱 막혔다.

"기분도 꿀꿀하고 비도 오고. 낮술 한잔할래?"

연이는 내 대답을 듣지도 않고 소주 한 병을 시켰다. 나는 별 안주도 없이 잔을 꺾지도 않고 소주를 삼켰다. 우리는 30분도 안 되어 소주 한 병을 다 마시고 두 병째 술을 시작했다. 기분이 좋아진 연이는 말을 많이 했다. 영화에 대한 꿈을 그려보다가 우리가 함께했던 학창시절을 얘기하기도 했다. 임산부처럼 배가 부풀어 오른 남편의 몸과 그런 몸만큼 무심해진 태도에 대해서 슬퍼하기도 했다. 나는 무슨 말을 했는지 모르겠다. 내 몸이 알코올에 빠르게 반응하고 있음은 분명히 느꼈다.

"한 병 더 마시자."

두 병째 소주를 비웠을 때 내가 말했다. 연이는 어이없는 표정으로 나를 보았다.

"오늘 그냥 재끼자고? 일은 그렇다 치고, 저녁에 집에 가서는 어쩌려고? 그냥 뻗을걸?"

"그이 출장 중이야."

"애는?"

"아줌마한테 애 재우고 주무시고 가달라고 부탁하면 돼. 넌 어때?"

"나도 친정 엄마가 와 계시긴 한데. 모르겠다. 마시자. 우리 준희가 이렇게 뻴 받는 날이 또 언제 있겠냐? 비는 계속 내리고……"

그렇게 세 병 째 소주를 마시면서 나는 타임머신을 탔다.

1년 전, 이렇게 비가 내리던 저녁. 홍대 앞 오피스텔이었다. 준이에게 이별 통보를 했다. 가감 없이 상황을 다 전해주었다. 그는 아무 말도 하지 않았다.

—미안해.

몇 번이나 부질없는 사과를 되풀이했을까?

—저는 누나를 떠나지 못해요.

—어쩌려고?

—알겠어요. 가야 한다면 가세요.

—그럼 너는?

—저는 떠나지 못한다니까요.

준이는 울지 않았다. 그저 막막한 눈으로 나를 보고만 있었다.

—그런 말 하지 마.

—왜요? 누나 마음이 불편할까 봐요? 다른 남자하고 결혼하고 애 낳고 알콩달콩 살아야 하는데 괜히 나한테 미안해서 힘들까 봐요? 나도 누나처럼 다른 여자하고 가정이라도 꾸렸으면 좋겠어요?

무릎을 꿇었다. 그의 다리를 안고 울었다. 그는 모진 말을 계속 뱉어냈다.

—걱정 마요. 누나 곁에 얼씬거리거나 연락을 하는 일은 없을 테니까. 다만 내 마음까지 누나 멋대로 움직이려고 하지 말란 말이에요. 나는 누나를 못 떠나요. 이곳에 이 시절에, 오래오래 머무를 테죠.

일어나서 그에게 안겼다. 변함없이 꼭 들어맞는 품이었다. 너무 크지도, 너무 딱딱하지도, 너무 헐겁지도 않은 품. 안겨보면 인연이라는 단어가 절로 떠오르는 그런 품. 그는 말했다.

—내일은 아무도 모르죠. 나도 내 마음이 언제까지 이어질지는 모르겠어요. 얼마나 더 누나를 못 잊고 기다릴까요?

—기다리지 마. 난 돌아올 수 없으니까.

—한 달? 몇 달? 몇 년?

—그러지 마. 부탁이야.

—나도 부탁 하나만 할게요.

그는 시선을 창밖으로 돌렸다. 어느새 그의 눈도 젖었다. 가을비치고는 늦은, 겨울비치고는 이른 비가 장마인 양 세차게 퍼붓고 있었다. 그는 물었다.

—11월에 비 내리는 날이 며칠이나 될까요?

나는 대답하지 못했다.

-가끔씩 저를 기억해주세요. 적어도 11월에 비가 내리는 날만이라도 내 생각을 해주세요. 당신이 곁에 있어도 곁에 없어도 당신을 기다리고 사랑하는 남자가 있음을 알아주세요.

11월에 비 내리는 날만이라도.

마법처럼 작년 11월과 같은 날에 비가 내리고 있다. 나는 그의 부탁을 들어주었다.

너는 모르겠지? 지금 내 머리 속은 온통 니 생각뿐이야. 너는 어디 있니? 너도 내 생각을 하고 있니? 혹, 곁에 다른 사람이 생겼니? 내가 밉니? 아직 나를 사랑하니?

11월의 비는 멈출 줄 모른다. 노래가 새로 바뀌자 연이가 또 탄성을 질렀다.

"이야, 아저씨 오늘 선곡 죽이네. 노벰버 레인(November Rain). 이게 얼마 만이야."

연이는 노래에 심취해서 눈을 감고 따라 불렀다. 음악을 별로 좋아하지 않던 나도 노벰버 레인이라는 제목에 귀가 끌렸다. 나중에 찾아보고 알게 된 가사였지만, 멜로디와 보컬리스트의 목소리만으로도 정서는 고스란히 전해졌다.

그대의 눈을 들여다보면 억눌린 사랑을 느껴요.
하지만 그대여.
나 역시 같은 감정을 느끼고 있음을 모르나요?

아무것도 영원할 수는 없습니다.
차디찬 11월의 비도 그치고 말겠죠.
우리의 마음도 변할 수 있다는 것을 알아요.
차디찬 11월의 빗속에서 촛불을 지키기가 너무도 힘듭니다.

그대가 날 다시 사랑하게 되리라는 걸 알아요.
그러니 어둠을 가슴속에 담아두지 마세요.
우리는 함께 할 수 있는 길을 찾을 수 있어요.

아무것도 영원할 수는 없습니다.
차디찬 11월의 비도 그치고 말겠죠.

나는 나를 놓쳤다. 알코올의 지배 아래 의식과 무의식이 하나로 섞였다. 현실과 환상, 현재와 과거가 한몸이 되었다. 길고 긴 꿈.

사랑이 머물던 공간을 다시 찾았다. 그가 나를 맞이했다. 나는 많은 것을 버리고 떠났으나 내가 버린 것들은 모두 부활했다. 그대로 있었다. 그리고 그가 있었다. 그는 나를 안아주었다. 언제나 그랬듯이 넓고 향기로운 품으로.

미안해. 미안해. 미안해.

몇 번을 되풀이했는지 모르겠다. 그는 괜찮다고 하지 않았다. 대신 이렇게 말했다.

아무 말도 하지 마요.

그는 내 옷을 벗기고 비틀거리는 나를 부축하면서 씻어주었다. 나는 흐느적거리며 그에게 매달렸다. 그의 입술을 찾고 몸을 어루만졌다.

우리는 하나가 되었다. 그 느낌은 너무 강렬해서 지독한 취기 속에서도 정신을 번쩍 들게 했다. 그는 말하지 않았으나 나는 들었다.

니 몸의 주인은 나야. 어쩌면 너의 마음도 내 것이야. 내 몸과 마음이 그러하듯.

시간을 붙들어 매고 싶었다. 꿈에서 깨기 싫었다. 그때 신이 내게 이렇게 물었다면, 현실과 꿈 중에서 하나만 선택하라고 했다면, 나는 꿈에 머물겠노라고 답했으리라.

태어나서 그렇게 술을 많이 마신 적은 처음이었다. 마지막으로 얼핏 기억나는 조각들을 모아 보았다. 비 내리는 거리를 보며 연이와 술을 마셨다. 소주 네 병을 마신 우리는 둘 다 자제력을 잃었다. 미친 여자처럼 비를 맞으며 신사동 골목을 걸어 내려왔다. 택시를 잡았다. 그리고 집으로 왔다.

얼마나 잤을까? 보미는?

번쩍 눈이 떠졌다. 눈을 떴는데도 꿈은 깨지 않았다. 나는 타임머신을 탄 사람처럼 여전히 홍대 LG 팰리스 1802호에서 있었다. 정신 좀 차리자. 눈을 감고 고개를 세차게 흔든 다음 다시 주위를 확인했다.

크림색의 벽지와 책상, 침대, TV, 그리고 그가 선물해준 기타까지 그대로 있었다. 이 방을 떠나며 모두 버리고 온 것들이었다. 이삿짐 센터에 처리 비용을 따로 준 기억마저 분명히 나는데! 넓은 창으로 보이는 풍경조차 똑같다. 이곳은 분명히 그곳이다. 오랫동안 나만의 공간이었던, 그리고 한 달 만에 사랑의 추억으로 가득 채워졌던 공간. 한 남자와 한 여자가 서로를 송두리째 바치고 가지던 방. 나, 미쳐버린 걸까?

"일어났어요?"

준이의 목소리가 들렸다. 회색 트레이닝복에 후드 짚업을 입은 그는 뭔가를 만들고 있었다. 1년 전 내가 가끔 그를 위해 요리를 해주던 작은 주방에서.

나는 아무 말도 못했다. 본능적으로 알몸임을 깨닫고 이불을 끌어

올려 가슴께를 가렸을 뿐.

"조금만 기다려요. 계란국 끓이고 있으니까."

그는 고개를 돌리고 요리를 계속했다.

이건 있을 수 없는 일이다. 나는 초능력이나 환상의 세계를 믿지 않는다. 물리학의 법칙과 자본주의의 법칙만 믿는 보통 사람이다. 그런데 지금 눈앞에서 믿어지지 않는 상황이 펼쳐지고 있다.

핸드폰을 확인했다. 2005년 11월 4일 오전 아홉 시 5분. 기억에 마지막으로 남아 있는 날보다 하루가 더 지났다.

어떻게 된 걸까? 나는 분명히 1년 전에 그를 떠났는데. 이 방도 떠나고 이 방에 있는 물건들은 모두 버렸는데. 왜 그도, 이 침대도, 이 방도 그대로인 걸까? 그렇다면 그 이후로 내가 살았던 1년, 종우씨와 결혼을 하고 보미를 낳은 일들이 꿈이었다는 말인가?

침대 옆에는 내가 전날 입었던 옷 대신 낯선 옷이 가지런히 놓여 있다. 남자 옷이었다. 반팔 면 티셔츠와 잠옷 바지.

"누나 옷은 빨아놨어요. 아직 안 말랐을 텐데. 어제 옷이 흠뻑 젖었잖아요."

내가 옷가지를 살펴보는 기척을 느꼈는지 준이가 돌아보며 말했다.

"뭐가 어떻게 된 거지?"

"누나가 저에게 왔죠."

그 다운 대답이었다. 순간 속이 울렁거려서 참기가 힘들었다. 나는 속옷도 입지 않고, 치수가 한참 큰 티셔츠와 잠옷을 입고 화장실로 뛰어들어갔다. 변기를 붙잡고 쏟아냈다. 세면대에 찬물을 틀어놓고 연거푸 세수를 했다. 고개를 들어 거울을 보았다. 내가 있었다. 온통 혼란스럽고 불확실한 순간 속에서 그것만은 진실이고 현실이었다.

그제야 조금씩 상황 판단 능력이 돌아왔다. 화장실 안에는 남자용 화장품과 목욕 제품이 가지런했다.

화장실에서 나왔다. 준이는 앉은뱅이 식탁에 계란국을 차려내는 중이었다. 내가 그에게 밥을 차려주던, 신촌 그랜드마트에서 5만 원을 주고 산 하얀색 접이식 플라스틱 식탁이었다. 지금쯤은 재활용 공장에서 분쇄되었거나 다른 누군가에게 중고로 팔려갔을 식탁인데.

"준이야."

속절없이 그의 이름만 불렀다. 그는 절절한 내 눈을 읽은 모양이었다.

"혼란스러운 거 알아요. 얘기해줄게요. 대신 조건이 있어요. 고생해서 끓인 계란국을 다 먹어줘야 해요."

우리는 양반 다리 자세로 미니 식탁 앞에 마주 보며 앉았다. 맙소사. 그의 몸에서 풍기는 옅은 향수 냄새도 똑같다. 드라카 느와.

"맛있게 먹어요. 속 좀 풀리게."

무슨 생각을 하면서 먹었는지는 모르겠다. 입맛이 전혀 없었으나 한 그릇 가득 채워준 콩나물 계란국을 비웠다.

준이의 배경이 되는 창은 차분하게 내려앉은 흐린 하늘을 담고 있었다. 준이는 눈을 반짝이며 가벼운 미소를 지어 보였다.

"저는 별로 놀라지 않았어요."

"무슨 소리니?"

"누나가 다시 찾아올 줄 알았어요."

"말해줘. 지금 꿈을 꾸거나 내 정신이 어떻게 된 건 아니지?"

"여긴 서울특별시 마포구 동교동 165-8 LG 팰리스 맞아요. 지금 제 앞에 앉아 있는 이준희씨, 바로 당신이 살던 곳이죠."

"그런데 어떻게?"

"누나가 여기를 떠나겠다고 말하고 며칠 뒤에 제가 부동산에 얘기해놨어요. 고층으로 방을 얻고 싶다고. 누나가 집을 내놓자마자 바로 연락이 오더군요. 가구나 전자제품, 물건들은 제가 돌아다니면서 직접 똑같은 것들을 샀어요. 생산이 중단된 옛날 것들은 중고로 구하거나 최대한 비슷한 걸로 샀죠. 여긴 이제 저의 집이에요. 비밀번호는 같아요. 어제 누나가 직접 누르고 들어왔잖아요."

왜 그런 짓을 했어?

그를 책망하지 못했다. 그는 이미 그러겠노라고 선언했으니까.

걱정 마요. 누나 곁에 얼씬거리거나 연락을 하는 일은 없을 테니까. 다만 내 마음까지 누나 멋대로 움직이려고 하지 말란 말이에요. 나는 누나를 못 떠나요. 이곳에 이 시절에, 오래오래 머무를 테죠.

내가 그의 말을 믿지 않았을 뿐. 이별 앞에서 내뱉는 헛된 다짐, 또는 슬픈 협박이라고 치부했으니까.

순간 찌르르 몸이 떨린다. 나는 안다. 딱 한 번 경험한 이 기분을.

곧이어 내면의 귀를 통해 소리가 들린다. 둥둥둥 북소리가.

그가 일어선다. 곁으로 다가온다. 몸에 힘이 풀린 나를 일으킨다. 입을 맞춘다. 우리가 아니면 인류의 대를 이을 남녀가 없는 것처럼, 우리는 처절하게 서로를 파고들고 휘감는다. 서로가 서로의 주인임을 확인한다. 오랫동안 말라 있던 아래가 다시 젖어든다.

치지도 않은 기타가 울린다. 방에는 있지도 않은 피아노 소리가 들린다. 흐린 가을 하늘에는 편지를 써야 하는데. 아아. 창문 밖 가을 풍경이 아득해진다.

November

미안해요

"마음에 들어?"

남편이 출장 선물로 사 온 실크 스카프는 무척 부드러웠다. 하얀색 바탕에 샤넬 로고가 작게 찍힌 디자인도 마음에 들었다.

"고마워요."

"요즘 같은 때 두르면 예뻐 보이겠어."

"정말 그렇겠어요."

출장에서 돌아온 남편을 위해 된장찌개를 빡빡하게 끓였다. 샤워를 하고 나온 남편은 기분 좋은 얼굴로 숟가락을 들었다.

보미도 오랜만에 아빠가 와서 좋은지 옹알이를 열심히 하며 아빠의 품을 자꾸 찾았다. 조금 늦은 저녁이어서 식욕이 더 돋는지 남편은 밥 한 그릇을 비우고 조금 더 먹었다. 평화로운 수요일 저녁이었다.

"춥진 않았어요?"

"어차피 호텔방이나 사무실에 있는 게 전부니까. 이동할 때도 차로 이동하고. 호텔 헬스클럽이 별로여서 좀 불편했어. 그것 외에는 다 괜찮았어. 참 당신 내 셰이빙 크림 빼먹었더라. 새로 샀어."

"그랬군요. 매번 출장 갈 때마다 뭘 하나씩 빼먹네요."

"시나리오는 잘 돼?"

"그럭저럭 이요."

"당신도 참 대단해. 애 키우면서 글쓰기가 쉽지 않을 텐데."

"아주머니가 보미를 잘 돌봐주세요."

"그래? 연말에 선물이라도 해 드려."

"그래야겠어요."

식사를 마친 그이는 보미를 번쩍 안아 들었다. 거실 소파에 앉아 저녁 뉴스를 켰다. 나는 과일을 준비했다. 사과와 귤을 적당히 담아 나갔다. 뉴스 화면에는 상기된 얼굴의 기자가 리포팅을 하고 있었다.

"교원평가제에 반대해온 전국교직원노동조합 소속 교사들이 연가투쟁을 위한 찬반투표에 들어갔습니다."

남편은 뉴스를 보면서 이러쿵저러쿵 코멘트를 달지 않는다. 사실 나도 그의 정치적 성향을 잘 모르겠다. 그런데도 뉴스를 꼭 챙겨보는 그가 신기할 때도 있었다. 나는 뉴스를 봐도 기사들 중에 뭐가 더 중요한 이슈인지 구별하기조차 힘들었다.

"북한 핵 문제의 해결을 위한 제5차 6자 회담이 오늘 오전 9시부터 중국 베이징 댜오위타이 팡페이왠에서 시작되었습니다."

보미는 아빠 품에서 나올 생각을 하지 않았다. 남편도 보미를 허벅지 위에 앉혀놓고 천천히 등을 쓰다듬었다. 뉴스가 끝날 때쯤 보미는 잠들었다.

"칭얼대지도 않고 잠들었네. 이 녀석 참 순하기도 순해."

남편은 아이방 침대에 보미를 재워놓고 침실로 들어왔다. 일주일 만에 남편과 나란히 누웠다. 그가 나를 안을까봐, 두려웠다.

"연말에 뉴질랜드에 가는 거 어때?"

"아주버님 댁에요?"

"거기서 새해를 맞는 것도 재미있을 것 같아. 보미가 비행기를 잘 타려나?"

"아직은 너무 어려서 잘 모르겠어요."

"생각해보자. 좋은 방법이 있겠지."

"그래요. 당신도 아직 한 번도 안 가봤다고 했죠?"

"한번 가볼 때가 됐지."

그는 피곤했는지 대화하던 중에 가볍게 코를 골며 잠이 들었다. 미안하게도, 다행이라는 생각이 들었다.

무거운 침묵 속에 규칙적으로 들리는 남편의 숨소리가 괜히 못 견디게 느껴졌다. 조용히 몸을 일으켜 침실을 나왔다. 정수기에서 찬물을 한 잔 받아 거실로 나갔다.

살짝 커튼을 열었다. 이 집에서는 한강 전망이 넓게 보인다. 청담대교와 건너편 강변 야경도 손에 잡힐 듯 가깝게 보인다.

아직도 떠올리기만 하면 몸이 떨린다.

준이와 재회한 날은 목요일이었다. 다음날 그의 방에서 나온 뒤에야 현실의 일들이 머리에 들어왔다. 아주머니한테 전화를 드려서 되지도 않는 변명을 둘러냈다. 영화사에서 갑자기 이른 회식을 하게 됐는데 술에 너무 취해서 영화사 건물 안에 있는 방에서 잠이 들어버렸다는 스토리.

—그랬구나. 난 연락이 없기에 걱정 많이 했지. 그럴 사람이 아닌데. 보미 아빠도 출장 가서 없고. 보미는 엄마 찾지 않고 잘 놀다가 잤어. 아까 막 일어났어.

그녀는 전화로도 담담했고 내가 집에 돌아갔을 때도 담담한 태도로 나를 맞이했다. 나는 그녀와 눈을 마주치지 못했다. 대신 20만 원을 따로 챙겨 드리며 용서를 빌었다. 그리고 미리 양해를 구했다.

—영화 작업이 막바지라서 늦을 일이 많을 거 같아요. 정해진 시간 외에 따로 좀 부탁드려도 될까요? 보수는 충분히 드릴게요 이모님.

—나야 돈 벌면 좋지 뭐. 어차피 집에서 할 것도 없고.

다음날인 토요일에 또 비가 내렸다. 일요일에도. 월요일에도. 3일 내내 우리의 방을 찾았다. 토요일은 오후에, 일요일은 오전에, 월요일은 저녁에. 머무르는 동안 우리는 좀처럼 서로의 품을 떠나지 않았다. 샴쌍둥이처럼, 장난꾸러기 새끼곰 형제처럼, 사춘기 소년

소녀들처럼. 침대 위에 있을 때는 꼭 끌어안고, 소파에서 커피를 마실 때는 찰싹 붙어서, 우산을 쓰고 홍대 거리를 산책할 때는 팔짱을 끼고 있었다.

걸음을 옮기면서 1년 동안 있었던 일을 전해주었다. 준이는 차분한 표정으로 듣고 난 뒤 고개를 끄덕였다. 오후가 지나면서 비는 천천히 그치고 있었다. 내가 물었다.

—너는 어떻게 지냈어?

—회사는 그만뒀어요.

—왜?

—힘들어서요.

어려울 수도 있는 이야기를 그냥 툭 내놓는 화법은 변하지 않았다.

—누나를 못 보니까, 그전에는 아무렇지도 않게 하던 모든 일들이 다 힘들어지더라고요. 회사 일도, 친구들과의 만남도, 가족들과 식사도, 혼자 있는 시간도 힘들었어요.

—그렇다고 회사를 그만두면 어떡해?

—계속 백수로 지내진 않았어요. 몇 달은 방에만 머물렀어요. 대신 기타를 원 없이 쳤죠. 그러다가 예전에 회사에서 알던 선배님이 전화가 왔어요. 선배도 회사를 나와서 자기 사업을 하려는데 같이 하자고요. 누나가 공항에서 봤던 그 선배에요.

—싱가포르 출장 같이 갔던?

—네. 열대 과일 가공 제품을 수입하는 일이에요. 좀 망설였는데

올여름부터 같이 일하고 있어요.

-다행이다.

-왜요? 일도 안 하고 폐인처럼 지내면 누나가 죄책감 느낄까 봐요?

나는 대답하지 못했다.

-걱정 마요. 다시 추스르고 잘 지내니까.

-잘 지내는 게 어떤 건데?

-건강한 몸과 정신으로 누나를 기다리고 있어요.

준이의 말에 걸음을 멈추었다. 손끝이 파르르 떨렸다.

-준이야.

이름만 불러놓고 말을 잇지 못했다. 준이가 말했다.

-이혼이라도 하고 나한테 오라는 말이 아니에요. 제 부탁 기억나요? 11월에 비가 내리는 날만이라도 내 생각을 해달라고.

나는 고개를 끄덕였다. 그가 말을 이었다.

-11월에 비가 내리는 날에만 누나를 기다릴게요. 1년에 며칠이라도 같이 시간을 보내요. 당신이 선택한 인생이 흔들리지 않게 할게요. 당신의 일상에 흠집이 생기지 않도록 조심할게요. 이미 당신의 전화번호는 지웠어요. 시간이 더 지나면 기억에서도 지워지겠죠. 이렇게 만났다고 해서 더 많은 것을 요구하지는 않을게요. 다만 11월의 비 내리는 날만 허락해줘요.

그러다가 우리의 사랑도 식을까? 너의 기억에서 내 전화번호가 사라지듯이. 영원한 건 없으니까. 11월의 차가운 비조차도.

나는 대답을 주지 않았다. 대신 그 다음 날이었던 월요일, 다시 비가 내리자 우리의 방을 찾는 것으로 대답을 대신했다. 그리고 이틀이 지났다.

오늘은 2005년 11월 9일 수요일. 11월치고는 날도 따뜻하고 하늘도 맑다. 밤하늘에도 별과 달이 반짝인다. 어쩌면 올해 11월에는 더 이상 비가 내리지 않을지도 모른다.

오랫동안 비가 내리지 않았다. 11월이 열흘밖에 남지 않은 20일까지도 하늘은 구름도 별로 없이 맑기만 했다. 온도는 크게 떨어져서 아침은 영하를 기록하는 날도 있었다. 거리에는 코트와 목도리가 등장했다.

마침내 시나리오가 완성되었다. 연이와 의견 차이를 좁히고 내놓은 버전을 읽고 제작사 대표가 오케이 사인을 낸 것이다. 물론 이것으로 일이 끝난 것은 아니다. 배우나 투자사가 시나리오를 읽고 요구 사항이 있으면 다시 손을 봐야 할 지도 몰랐다. 그래도 7부 능선은 넘었다.

제작사에서는 중도금 천만 원을 나와 연이의 통장에 반씩 나누어 입금해주었다. 우리는 둘만의 자축파티를 열었다. 연이의 단골 와인바로 향했다. 평소에는 시선을 두지 않던 20만 원 이상 가격대의 와인리스트를 보며 골랐다. 와인을 잘 모르는 나 대신 연이가 알아서 선택했다.

"고생 많이 했어."

우리는 서로를 치하해주었다. 연이가 고른 와인은 맛이 묵직하고 향도 깊었다.

"비싼 만큼 값을 하네."

연이가 만족하는 표정으로 고개를 끄덕였다. 나는 와인병을 살폈다. 에티켓에 그린 태양 문양 위에 루체(Luce)라는 와인 이름이 적혀 있었다.

우리는 함께 일하는 영화사 스태프들에 대해 이러쿵저러쿵 이야기를 나누며 와인 한 병을 다 비웠다. 한낮에 시작한 낮술로 만취해버렸던 일이 오래되지 않았던 만큼, 두 번째 와인을 고르면서 연이는 스스로에게 다짐하듯 말했다.

"딱 여기까지야. 오케이? 나 또 만취해서 들어가면 신랑한테 쫓겨나."

두 번째 와인은 조금 더 풍미가 진했다. 나는 조금 취한 기분으로 연이에게 물었다.

"옛날부터 묻고 싶었던 건데, 물어봐도 돼?"

"니가 아직 나한테 궁금한 게 있어? 뭔데?"

"왜 헤어졌어?"

주어도 목적어도 생략한 질문에도 그녀는 내 의도를 정확히 파악했다. 대답을 기대하지는 않았다. 오래전에도 여러 번 물어봤지만 그때마다 묵살당한 질문이었으니까. 그런데 이번에는 달랐다. 그녀는 와인이 반쯤 든 잔을 천천히 돌리며 말했다.

"우리가 한 사랑에 비해 이별의 이유가 너무 초라해서 그동안 말 못했어. 기억나지? 짐까지 싸서 오빠 집에 들어갔던 일. 나는 그냥 뭐든 좋았어. 그런데 오빠는 나에게 콤플렉스를 갖고 있었어. 시간이 지날수록 송곳처럼 툭툭 나오더라. 초반에는 하루도 거르지 않고 사랑을 나누던 우리였는데 헤어질 때쯤에는 하루가 멀다 하고 싸웠지. 오빠는 나를 의심하고 내몰았어. 내가 언젠가 자기를 떠날까 봐 불안하대. 그럴 거면 하루라도 빨리 가버리라고. 결국 나, 쫓겨났어. 눈 오는 1월에. 그때 알았지. 내가 오빠를 불행하게 만드는 존재구나."

"니가 확신을 주지 못했던 거 아니니?"

"확신? 스무 한 살 여자애가 뭘 어떻게 확신하고 확신을 주겠니?

난 그저 오빠가 좋았어. 같이 있으면 그걸로 충분했어. 그런데 참 신기한 게 뭔지 알아? 결혼을 하고 아이까지 낳은 뒤에 문득 생각이 들더라. 결혼은 담담하게 지낼 수 있는 사이끼리 하는 게 맞나 보다, 하는 생각. 너무 뜨거웠던 남녀가 함께 살면 사랑을 의심하게 돼. 일상에 지치면서 우리 사랑이 변했나 보다 실망하지. 그래서 니가 종우씨하고 결혼한다고 했을 때 나는 잘됐다 싶었어."

"헤어지고 나서 아무 미련도 없었어?"

"왜 없었겠어. 몇 번이나 다시 찾아가기도 했어. 오빠가 날 받아주지 않더라. 나를 좋아하지만, 함께 있으면 내가 불행해질 것 같대. 그런데 얘가 왜 자꾸 옛날 얘기를 물어봐?"

"니가 한 번도 안 해줬잖아. 그 뒤로는 소식 모르고?"

"사실 2년 전에 만났어."

"뭐라고?"

"아니. 정확하게 말하면 나는 오빠를 만났지만 오빠는 나를 못 만났지."

"쉽게 얘기해줘."

"친구가 연락이 왔었어. 결혼하고 흑석동으로 이사 간 친군데, 자기 동네 개척 교회에 오빠가 목사로 있다는 거야."

"그래서?"

"망설였어. 그러다가 갔어. 얘기를 듣고 몇 달 지난 뒤였어. 보통은 옛사랑을 오랜만에 다시 보면 실망한다는데 난 그렇지 않았어.

뭐랄까, 어른처럼, 듬직한 남자처럼 보이더라. 설교도 좋았어."

"너 불교잖아?"

"개종한 건 아냐. 그냥 신도들 뒤에 숨어 앉아서 오빠의 목소리를 듣는데 참 푸근하더라. 괜히 눈물도 나고 말이야. 이율배반적인 감정인데, 그제야 오빠와의 사이가 정리되는 기분이었어."

"그 뒤로는 안 만났고?"

"가끔 가."

"세상에."

"물론 오빠는, 아니 목사님은 모르지. 자주 가는 것도 아니고, 몇 달에 한 번씩 가서 조용히 설교만 듣고 오니까. 목사님이 인기가 많으신지 세가 점점 늘어나는 게 눈에 보이더라. 나까지 기분이 좋던데."

"인사할 생각은 없고?"

연이는 세차게 고개를 흔들었다.

"그럼 잃어버리잖아."

"뭘?"

"옛사랑을."

옛사랑. 입안에서 그 말을 되뇌어 보았다. 잊지 않는 한 사랑은 끝나지 않는다. 사람도 사랑도 잊히는 순간, 죽는다.

와인바는 22층 건물의 꼭대기 층에 있었다. 우리는 창가 자리였다. 발아래로 서초동 일대의 화려한 불빛이 내려다보였다. 술기운에 젖은 눈으로 야경을 보고 있자니 강물이 흐르듯 스카이라인이

잔잔하게 출렁이는 착각이 들었다. 그때였다. 빗줄기가 창가에 스쳤다. 하나, 둘, 셋. 빗줄기가 늘어나면서 내 심장도 더 빨리 뛰었다.

너도 지금 비를 보고 있니? 나를 기다리고 있니?

시나리오에 대해 말하는 연이의 목소리도 들리지 않았다. 나는 나와 싸우고 있었다. 당장에라도 달려가고 싶은 마음, 남편과 아이에 대한 죄책감, 너무 쉽게 그의 제의에 응해버리는 건 아닐까 하는 유치한 생각까지 뒤엉켜 싸우느라 마음이 전쟁터였다.

제발, 제발.

와인바에서 나온 나는 청담동으로 향했다. 2005년 11월 21일 밤이었다. 23일에도 비가 살짝 내렸으나 나는 발걸음을 꼭 묶고 아예 집 밖에서 나가지 않았다. 하루 종일 집 안에서 보미랑 놀았다.

견디기 힘든 초조함이 자꾸 일상의 흐름을 휘저었다. 커피 마실 물을 끓여놓고 까먹기도 하고 이유식을 먹일 시간도 놓쳐서 아이가 배고파 우는 소리를 듣고서야 정신을 차렸다. 청소기를 돌리다가 바닥의 컵을 못 보고 물을 쏟았고 저녁 식사를 준비하다가 국을 태워 먹기도 했다.

고독했다. 혼자 있어도 가족과 있어도 못 견디게 고독했다. 하루하루 지나면서 초조함과 고독함은 극심해졌다. 11월은 이제 며칠 남지 않았다.

"너 요즘 무슨 일 있어?"

결국 남편이 눈치를 채고 물었다. 나는 아니라고 얼버무렸지만 똑똑한 남편이 모를 리가 없었다. 다만 그는 추궁하지 않았다.

"나한테 말 못할 일이 많지 않았으면 해. 니가 나에게 위로가 되는 것처럼 나 또한 너에게 위로가 되고 싶어."

2005년 11월 27일, 비가 내렸다. 직감적으로 알았다. 오늘이 2005년 11월의 마지막 일요일인 것처럼 이 비 역시 마지막 비임을.

남편은 오전에 골프 연습장을 다녀온 뒤로 약속이 없어 계속 집에 머물렀다. 나는 휘청거리는 마음을 들키지 않게 부단히 애를 써야 했다. 결국 오후를 넘기지 못했다.

"고등학교 친구 아버님께서 돌아가셨대요. 병원에 좀 다녀올게요."

뻔하디뻔한 핑계를 내밀었다. 남편은 자기가 보미 저녁을 먹이고 놀고 있을 테니 편하게 다녀오라고 했다. 나는 뻔뻔하게도 검은색 투피스를 챙겨 입고 남편의 배웅까지 받으며 현관을 나섰다.

와이퍼로 빗물을 쳐내며 한가로운 도로를 질주했다. 길 위에서 낭비할 시간이 없었다. 그렇게 서둘러 홍대 오피스텔에 도착한 시간이 오후 다섯 시였다. 벨 대신 비밀번호를 누르고 들어갔다.

준이는 창을 내다보고 있었다. 내가 왔음을 알았는데도 고개를 돌리지 않았다. 그의 등 뒤에 섰다.

"미안해."

내 말에 준이는 몸을 돌렸다. 의외로 차분하게 가라앉은 표정이었다. 그는 내 바로 앞까지 다가왔다. 술 냄새가 훅 끼쳤다.

"뭐가 미안한데요?"

"오지 못했어. 며칠 전에도, 그 며칠 전에도. 기다렸을까봐."

"기다렸어요. 밤늦게까지."

"기다리지 마. 너도 알잖아. 내가 마음대로 시간을 내기가……."

나는 그렇게만 얘기하고 말았다. 준이는 표정의 변화 없이 나를 물끄러미 보다가 뜻밖의 말을 했다.

"그거 알아?"

그는 분명히 반말로 물었다.

"너를 기다리는 시간이 얼마나 길게 느껴지는지 모르지? 그냥 이틀이었다고 생각하지 마. 내 기다림에는 가속도가 있어. 10년의 세월이 더해진 무게야."

갑자기 반감이 들었다.

"반말하는 건 좋은데. 10년 동안 순애보처럼 나만 기다린 척하지는 않았으면 좋겠어. 사춘기 시절의 기억일 뿐이잖아. 그 뒤로는 그냥 니 할 거 다 하면서 살았잖아. 뭐 가끔 내 생각을 했을지도 모르지. 다른 여자하고 데이트하고 자고 하면서."

"나는 누나에게 순정을 바쳤어. 모욕하지 마. 누나가 그랬나 보네. 요즘도 그렇겠지. 이쁜 딸하고 돈 잘 버는 남편하고 알콩달콩 사는데 내가 누나를 방해했나? 비와 왔던 며칠 전에도 남편 품에 안겨 있느라 못 빠져나왔나?"

"말조심해."

"왜 내 입에서 딸, 남편 얘기 나오니까 싫어? 더러워지는 것 같아?"

"우리 둘 이야기만 해."

"그래. 좋아."

그는 얄밉게도 턱을 쳐들고 나를 내려다보고 있었다. 그러지 말아야 했는데. 그를 향한 순도 99%의 믿음 틈에 도사리고 있던 1% 정도의 불안과 불신이 증폭되어 발화되었다.

"순정이라고 했지? 그 말 믿어도 돼? 너야말로 혹시 다른 여자하고 연애하면서 날 덤으로 만나려는 거 아냐? 니 말대로 1년에 며칠뿐이니까."

말을 하자마자 후회했다. 준이의 눈동자가 불안하게 흔들렸다. 그의 목소리도 그랬다.

"어떻게 그런 생각을 해? 기억 안 나? 비굴하게 부탁했던 사람은 바로 나야. 1년에 며칠만이라도. 11월에 비가 내리는 날 만이라도 시간을 내달라고. 잠깐이라도 여기 들르는 일이 그렇게 어려워? 정말 내가 누나 말대로 할 거 다 하면서, 다른 여자하고 연애라도 하면서 누나를 덤으로 만난다고 생각해? 나는 앞으로 12월의 첫날부터 11월만 기다리면서 살 거야. 11월이 되면 비가 오기만을 기다리겠지."

"미안해. 내가 너무 했어."

"내가 묻잖아! 정말 그렇게 생각하냐고."

준이를 안아주려고 했으나 그는 내 팔을 뿌리쳤다. 분노로 이글거리는 그의 눈동자를 보며 나는 힘없이 물었다.

"미안해. 정말 미안해. 사과를 하려고 해도 그 말들조차 너한테 상처가 되니. 어떡해야 너의 화가 풀리겠니?"

바보처럼 커다란 준이의 눈에서 눈물이 툭 떨어졌다. 쨍, 소리를 내며 내 가슴에 떨어졌다. 그는 목이 멘 음성으로 말했다.

"옷 벗어."

그를 쳐다보았다. 알 수 없는 표정으로 나를 내려다보고 있었다. 천천히 옷을 벗었다. 재킷을 벗고, 치마를 내리고, 블라우스의 단추를 풀고, 스타킹을 벗겨 내고 팬티와 브래지어 차림에서 멈췄다.

"다 벗어."

시키는 대로 브래지어를 풀었다. 팬티를 내리고 발목에서 빼냈다.

알몸으로 그의 앞에 섰다. 그는 편안한 면바지에 브이넥 반팔 차림이었다. 그는 내 몸 위에 추상화를 그리듯 손끝을 움직였다. 목에서 가슴, 젖꼭지, 배꼽, 그 아래로. 손을 멈춘 그가 명령했다.

"빨아."

나는 벌을 받고 있다고 생각한다. 무릎을 꿇는다. 바지 지퍼를 내리고 그의 물건을 소중하게 꺼낸다. 혀로 품는다. 조심스럽게 정성을 다해, 빤다. 점점 어두워지는 하늘 아래 11월의 비는 잘도 내리고 있다.

그날의 정사는 난폭했다. 일종의 시위와도 같았다. 씨발년. 개 같은 년. 창녀 같은 년. 그는 처음 들어보는 욕을 했다. 그리고 나를 거칠게 다루었다. 그는 나를 존중하지 않으려고 애쓰고 있었다. 그런 몸짓에서조차 나는 절절한 감정을 읽어냈다. 그의 말대로, 그것은 순정이었다. 슬픈.

우리는 서로를 꼭 끌어안고 침대에 누웠다.

"미안해요 누나."

나는 아이를 품듯 그의 머리를 감싸고 이마에 입을 맞추었다. 우리는 더 이상의 몸짓도 대화도 없이 서로를 안은 채로 남은 시간을 보냈다. 그럼에도 충만한 시간이었다.

준이와 함께 한 11월의 시간을 기록했다. 시나리오 아이디어를 적어놓는 다이어리에. 하루하루 날짜와 날씨, 그리고 나만 알아볼 수 있는 암호로 그날그날의 추억을 적어놓았다.

12월이 왔다. 보미가 긴 여행을 잘 견뎌낼까 걱정이었지만 남편은 뉴질랜드 여행을 강행했다. 보미가 기저귀라도 뗄 나이가 되면 가자고 그를 설득했지만 그는 의외로 강경했다. 나도 더 이상 토를 달지 않고 의견을 굽혔다.

12월에는 비대신 눈이 내렸다. 준이가 보고 싶었다. 결국 뉴질랜드 여행을 가기 전, 크리스마스 다음 날 저녁에 그의 오피스텔을 들렀다. 현관문에 간판이라고 하기엔 작은 나무 명패가 붙어 있었다. 그 위에 단정한 글씨체로, November. 잘 모르는 사람이 보면 November라는 회사 사무실로 착각할 법 했다.

떨리는 손으로 비밀번호를 눌렀다. 0830. 우리가 처음 만난 날짜였다. 그런데 비밀번호가 틀리다는 기계음이 들렸다. 그에게 전화를 걸었지만 없는 번호라는 안내가 나왔다. 절망감이 뺨을 때렸다. 쓰러질 정도로 휘청거렸다.

설마 하는 마음으로, 다음날은 저녁 늦게 들렀다. 역시 문은 잠겨 있었다. 안에 귀를 대봤지만 아무 소리도 들리지 않았다. 시멘트 바닥에 내동댕이쳐진 기분이었다. 나도 모르게 신음이 새어나왔다. 남자처럼 주먹으로 벽을 쳤다.

어쩌자는 거니? 1년 뒤에 만나자는 거니? 아니면 그냥 접고 떠나버린 거니?

그는 작별 인사조차 제대로 남기지 않았다. 조심해서 잘 들어가요, 그 말이 마지막이었다.

나는 해가 바뀐 뒤에도 불쑥 오피스텔에 들렀다. 여전히 문은 굳게 잠겨 있었고 인기척은 없었다. 'November'라는 나무 명패는 봉인처럼 현관문에 붙어 있었다.

11월에 비가 내리면, 정말 노벰버의 문이 다시 열릴까?

겨울에도, 봄에도, 여름에도, 가을에도 혼자 질문했다. 하루에도 몇 번씩. 그렇게 1년이라는 시간이 또 흘렀다. 잔잔하게 흐르는 강물처럼. 적어도 물 밖에서 보기에는.

2006년 11월의 첫 번째 비가 내린 날은 3일 수요일이었다.

비가 내리기 시작하던 순간, 나는 보미를 데리고 갤러리아 백화점 맞은편 골목에 있는 집보리 실내놀이터에 있었다. 창밖으로 내리는 비를 보면서 기묘한 흥분에 휩싸였다. 목덜미에 소름이 돋았다. 1년 동안 평온했던 일상의 흐름이 급류로 바뀌었다.

아주머니에게 아이를 맡기고 집을 나왔다. 남편에게도 연락했다. 새로 맡은 영화 시나리오 관련해서 제작사 관계자와 술자리가 있다고, 좀 늦을 거라고 핑계를 댔다.

급하게 차를 몰고 November로 향했다. 조용히 닫혀 있는 문 앞에 서서 심호흡을 했다. 몸이 떨렸다. 만약 문이 열리지 않는다면 다신 그를 못 보는구나 생각했다. 천천히 네 자리의 번호를 눌렀다. 0830. 경쾌한 전자음과 함께 문이 열렸다.

짜잔.

타임머신을 탄 기분이었다. 방 안은 그대로, 아주 깨끗하게 그대로였다. 가구는 물론이고 앉은뱅이 상과 컵, 휴지, 옷걸이, 핸드폰 충전기 같은 사소한 생활 집기들까지. 대청소라도 한 듯 화장실 바닥마저 반질반질 윤이 났다. 소파에는 내가 갈아입을 실내복이 가지런히 놓여 있었다. 따스한 안도감이 몸을 감쌌다.

잠깐 밖에 나가서 간단하게 장을 봐왔다. 옷을 갈아입고 저녁을 준비했다. 메뉴는 뭇국에 불고기, 샐러드. 약속도 하지 않은 터라 대략 저녁 7시 반쯤 요리가 완성되도록 시간을 맞췄다. 저녁 8시가 되자

문이 열리고 준이가 들어왔다.

그는 나를 보며 빙긋이 미소를 지었다. 해일처럼 벅찬 감정이 가슴을 쳤다.

"뭐하러 귀찮게 밥을 했어요. 그냥 나가서 먹으면 되는데."

"괜히 밖에 나가서 돌아다니면 시간만 아깝잖아. 아직 음식이 식지 않았어. 씻고 와. 어서 먹자."

1년 동안 보지 못했으나 우리는 며칠 전에 만난 연인처럼 자연스러웠다. 편안한 기분으로 이야기를 나누었다. 요즘 일은 어떠냐는 질문에 그는 기분 좋은 목소리로 대답했다.

"대박까지는 아니지만 상승세에요. 요즘 스무디 음료가 유행하잖아요. 그러면서 우리 업체에서 수입하는 원료 수요가 네 배가 넘게 늘었어요. 매출이 엄청 뛰었죠. 선배가 아주 사업 수완이 좋아요. 이번에는 말린 망고 쪽으로 눈을 돌리셨는데 분위기가 나쁘지 않아요."

"돈도 많이 벌었겠네?"

"월급이 꽤 올랐죠. 어차피 선배랑 저랑 둘이서 하는 사업이니까. 이래봬도 직함이 이사에요. 그러니까 이 방도 유지하죠."

"무슨 뜻이야?"

"저 여기서 안 지내요. 아파트로 옮겼어요."

"그런데 어떻게?"

하면서 다시 방을 둘러보았다. 금방 청소한 것처럼 깨끗했다. 심지어는 옷가지, 침구까지 사람이 사는 흔적이 묻어 있는데? 그가 의문을 해소시켜주었다.

"가끔 와서 자기도 하고 청소도 해요."

"왜 굳이 집을 따로 얻었어? 혼자 살기엔 여기도 충분하지 않아?"

"누나가 불쑥 찾아올까봐. 반대로, 찾아오지 않을 누나를 기다리게 될까봐."

그러면서 그는 내 눈을 들여다보았다. 곰곰이 그의 말을 곱씹었다.

내가 너를 귀찮게 할까봐 그런 거니, 아니면 우리가 더 가까워질까 봐, 내가 흔들릴까봐 그런 거니? 언제 올지 모르는 나를 기다리기가 힘들었니?

나는 물어보지 않았다. 원망도 하지 않았다. 대신 이렇게 물었다.

"전화번호를 바꾼 것도 같은 맥락에서야?"

그는 고개를 끄덕였다.

"우리의 룰을 지키고 싶어요. 누나를 위해서, 또 나를 위해서."

밥을 먹은 우리는 누가 먼저랄 것 없이 키스를 하고 입을 맞춘 채로 옷을 벗었다. 무척이나 긴 섹스였다. 나는 두 번이나 연이어서 치솟았다가 떨어졌다. 하얀 침대 시트에 내가 흘린 물이 흥건했다. 그는 얼룩을 보며 놀렸다.

"누나 오줌 쌌나봐."

저속한 농담이 또 나를 흥분시켰다. 가능한 방법을 전부 동원해 그를 다시 일으켜 세우고 또 사랑을 나누었다.

비 내리는 창을 보며 나란히 누웠다. 그의 팔에 머리를 얹고 품에 안겨 있었다.

"만나는 여자는 있어?"

"뻔뻔하네요. 그런 질문을 하다니."

"말하기 싫으면 하지 마. 그런 줄 알 테니."

"없어요."

"한창 때일 텐데 외롭지 않아?"

"솔직히 말해줘요?"

"뭘?"

"내가 어떻게 욕구를 해결하는지."

궁금했지만 물어보기가 불편해서 가만히 있었다. 그는 가늘고 긴 손가락으로 내 턱을 들어 올렸다.

"자위를 해요. 누나를 생각하면서."

휴우, 한숨을 내쉬며 그의 가슴을 쓰다듬었다.

여러 사람에게 미안하게 되어 버렸다. 이제는 누가 뭐래도 나쁜 여자로 살고 있다. 얼마나 더 이런 생활을 유지할 수 있을까?

그가 조용히 중얼거렸다.

"신기해요."

"뭐가?"

"우리 같이 만나는 사람들이 또 있을까요?"

"11월에만, 그것도 비 오는 날에만 만나는 연인은 없겠지."

"오랜 세월 동안 무수히 많은 사람들이 무수히 많은 사랑을 했겠죠.

수십억, 어쩌면 수백억 개의 러브스토리가 있다는 이야기잖아요. 그런데 지금도 여전히 사람들은 누구도 해 본 적 없는 그들만의 사랑을 하고 있어요. 우리처럼요. 신기하지 않아요?"

"지문하고 비슷하네. 수많은 사람들의 지문이 모두 다른 것처럼. 엄지손가락 한 마디의 면적이 얼마나 된다고. 똑같은 지문이 여러 개 있을 법도 한데. 그치?"

그는 고개를 끄덕이며 나를 안은 팔에 힘을 주었다.

우리의 사랑. 이러지도 저러지도 못하겠다. 가지려고 하면 사라지고 놓으려고 하면 맴돈다. 이 거리를 어찌할까?

그다음 비가 온 날은 일요일이었던 5일이었다. 점심때 친구들 모임이 있다는 핑계를 대고 집을 빠져나왔다. 선물을 갖고 November의 현관문을 열었다. 오는 길에 용산 전자상가에서 산 디지털캠코더였다. 얼떨떨해하는 준이의 반응과 상관없이, 우리의 정사 장면을 고스란히 촬영했다.

"선물이야. 상상력이 달리면 보면서 자극받으라고."

"어쩌면 이렇게 과감해요?"

"너를 믿으니까."

"아니. 그런 말이 아니라. 창피하지 않아요?"

부끄럽지 않아. 오히려 짜릿해. 상상만 해도 말이야. 오직 너와 있을 때만 짜릿해. 그러니 괜찮아.

2006년 11월에 비가 내린 날은 모두 9일이었다. 그중에서 8일을 만났다. 여유가 안 되면 잠깐이라도 들렀다. 정사를 나누는 대신 드라이브를 하기도 했고 산책을 나가는 일도 있었다.

　하루는 서로 크리스마스 선물을 준비하기로 했다. 준이의 제안이었다.

　ㅡ우리에겐 새해도, 밸런타인데이도, 봄날의 꽃구경도, 한여름의 해변도 허락되지 않잖아요. 크리스마스만이라도 미리 기분을 내보고 싶어요.

　2006년 11월 15일 수요일. 비가 왔다. 늦은 오후에 노벰버의 문을 열었다. 창가에 놓인 크리스마스트리가 나를 반겼다. 트리를 두른 전구가 빨강 노랑 파랑으로 깜박거렸다. 방 곳곳에 크리스마스 분위기를 내는 장식이 걸려 있었다. 스테레오 플레이 버튼을 누르자 빙 크로스비의 캐럴이 흘러나왔다.

　소파에 앉아서 빙 크로스비의 따스한 음성에 젖었다. 그날은 크리스마스였다. 지구상에서 딱 한 곳. 노벰버 만큼은.

　저녁 일곱 시쯤 준이가 퇴근했다. 우리는 각자 준비한 선물을 교환했다. 나는 부드러운 질감의 가죽 구두를 준비했고 그는 목도리를 선물해주었다. 그가 멘 목도리와 똑같은, 베이지색의 부드러운 목도리를 나란히 감고 삼청동 길을 걸었다. 비가 내리다 말다하는 11월 저녁의 날씨는 춥다기보다 청량했다.

　"메리 크리스마스."

팔짱을 꼭 낀 채 그에게 말했다. 그는 다정한 눈으로 나를 보며, 메리 크리스마스, 화답했다. 누가 먼저랄 것도 없이 입을 맞추었다. 사람들로 북적이는 삼청동 한가운데에서 우리는 평범하면서 또 특별한 연인이었다. 11월에 크리스마스를 축하하는 유일한 커플.

그는 타고난 리스너(Listener)였다. 그와 있으면 나도 모르게 자꾸 말을 하게 되었다. 함께 있으면 대화가 없어지는 사람이 있듯이, 그는 반대로 함께 있으면 자꾸 말을 걸고 싶은 사람이었다.

그는 종종 기타를 치며 노래를 불러주기도 했다. 나도 그랬다. 그러나 한때 제일 좋아하던 노래, 〈매일 그대와〉는 더 이상 부르지 않았다. 그는 내가 침대에 누워 있을 때 옆에 앉아 기타를 치기도 했다. 하얀 손끝에서 튀어나오는 음 알갱이 하나하나를 품고 싶었다. 차분하게 깔리는 그의 노래 소리를 핸드폰에 녹음하기도 했다.

그 외에도 많은 이유로 나는 그를 사랑했다. 그러나 내가 그를 사랑하는 가장 큰 이유는 사랑 그 자체였다. 그와 함께 있노라면 여고생 때 읽었던 시가 자주 떠올랐다.

사랑은 그 자신 말고는 아무것도 주지 않고 아무것도 취하지 않습니다. 사랑은 누군가를 소유하지 않고 또 누군가의 소유가 되지도 않습니다. 사랑은 사랑하는 것만으로 충분하기 때문입니다.

일주일 동안 비가 내리지 않다가 27일 월요일, 28일 화요일, 연속으로 비가 내렸다. 2006년의 마지막 비임을 예감했다. 아쉬움 때문이었는지 자정이 가까운 시간까지 준이와 함께 머물다가 November를 떠났다. 앞으로 1년을 못 보게 되는데도 그의 인사는 한결같았다.

조심해서 들어가요.

그래. 내일 다시 또 만날 것처럼 헤어지자. 안녕.

나는 눈으로 인사했다.

지하주차장에서 차를 빼서 도로로 나왔다. 창문을 열고 오피스텔 건물을 쳐다보았다. 아직 불이 켜져 있다. 저 불이 꺼지면 노벰버의 문도 닫히겠지. 오랫동안. 그는 가끔 노벰버를 찾아 머무르겠지. 청소도 하고 기타도 치면서. 나는 그가 오는 시간을 모른다. 가을 겨울 봄 여름의 계절을 견뎌내야 그를 또 볼 수 있다.

홍대에서 청담동으로 넘어가는 길, 텅텅 빈 강변북로를 달렸다. 이 길은 자동차 전용도로가 아니라고 생각한다. 환상에서 현실로 돌아가는 길이다. 일탈에서 일상으로 돌아가는 길이다. 그리고 한 남자에서 다른 남자에게로 돌아가는 길이다.

"미안해요."

소리를 내어 말해본다. 양쪽의 세계에 머물고 있는 두 남자 모두에게 하는 말이다. 그다지 특별하지도 않은 여자인 내가 왜 이런 삶을 살게 되었는지 모르겠다. 어쩌면 사람들은 다 그럴까? 우리 모두 남에게 밝히기 힘든 비밀의 방을 갖고 있지는 않을까?

　죄책감이 엄습해온다. 누가 뭐래도 나는 불륜을 저지르고 있다. 식구라고 해봤자 세 식구밖에 없는 작은 가정을 위협하는 행위다. 남편이 이 사실을 알게 된다면? 보미가 커서 이런 엄마의 과거를 알게 된다면?

　이렇게 죄의식에 짓눌릴 때는 긴 이별이 오히려 위안이 된다. 앞으로 1년 동안은 남편 뒷바라지와 아이 키우는 일에 최선을 다하리라 다짐해본다.

　괜찮을까?

집에 돌아가서 현관문을 열었을 때 소스라치게 놀랐다. 현관문 앞에 남편이 서 있었다. 순간 감지했다. 그이의 우묵한 눈에 담긴 시선의 의미를. 차갑고 무거운 시선 앞에서, 나는 집 안으로 한 걸음도 들여놓지 못하고 있었다.

"어디에서 오는 길이야?"

남편의 목소리는 억양이 없었다.

머리가 새하얘졌다. 늦게 들어온다면서 댄 핑계가 무엇이었는지도 기억이 나지 않았다.

"미안해요. 많이 늦었죠?"

나는 남의 집에 들어가는 사람처럼 어색하게 현관문을 닫고 신발을 벗는다. 남편은 그런 나의 행동을 하나하나 눈에 담는다.

"왜 안 자고 있었어요? 12시가 넘었는데."

"자고 있기를 바랐어?"

그의 말이 가슴을 꿍, 때린다.

"그런 뜻이 아니라."

하면서도 나는 말을 잇지 못한다.

"좀 씻을게요."

도망치듯 화장실로 들어가서 변기에 앉았다. 그제야 오후에 문자로 남긴 핑계가 생각이 났다. 연이와 늦게까지 작업할 게 있다고 했다.

괜찮겠지. 괜찮겠지.

더운물로 샤워를 하고 나왔더니 남편은 보이지 않았다. 침실로 들어갔다. 남편은 등을 돌린 자세로 누워 있었다. 내가 씻는 사이 잠이 들었는지도 몰랐다. 나는 조심스럽게 이불을 들치고 침대에 몸을 눕혔다. 눈을 감았다.

　남편의 손길이 나에게 닿는다. 나는 옷을 벗고 남편의 옷을 벗기고 조용히 눕는다. 남편은 별다른 손길도 입맞춤도 없이 내 몸 안으로 들어온다. 말라있는 아래가 쓰리다. 인상을 찌푸리지 않도록 노력한다. 오래 걸리지는 않는다. 사정을 마친 남편은 침착하게 호흡을 고르며 다시 돌아눕는다. 얼마만의 부부관계인지 잘 모르겠다. 여름휴가로 제주도를 갔을 때가 마지막이었던 것 같다. 꼽아보니 3달 만이다.

　"묘해."

　그가 말했다. 나는 대답을 하지 않았다.

　"작년에도 꼭 이랬어. 이맘때. 당신이 달라졌다는 느낌을 받았어. 그런데 올해 또 그러네."

　누가 그랬다. 가난과 기침과 사랑은 감출 수 없다고.

　남편은 계속 말했다.

　"결혼하기 전에 당신이 그랬지. 나를 사랑하지 않는다고. 나도 알면서 한 결혼이야. 당신에게 미안하기도 하고 고맙기도 했어. 나의 과거를, 끈질긴 트라우마를, 재미없는 성격을 알면서도 내 곁을 선택해준 당신에게 미안하고 고마웠어."

　그는 들릴까 말까 한 한숨을 내쉬고 말을 이었다.

"잘 알고 있어. 내가 부탁을 해도, 협박을 해도, 당신을 비난해도, 당신을 가둬도, 무슨 짓을 해도 당신이 나를 사랑해주지는 않을 거야. 사랑은, 사랑하는 마음은 그런 거니까. 권력으로도 갖지 못하고 돈으로도 사지 못하니까. 그래서 노래마다 영화마다 사랑 타령을 하는 거겠지. 다만 나는 아직도 기대하고 있어. 어떤 계기가 되었든, 오랜 세월 때문이든 당신이 나를 사랑하는 날이 오기를."

나에게 묻는다. 남편을 사랑하느냐고. 그렇다는 대답이 돌아왔다. 나는 분명히 남편을 사랑한다. 위하는 마음, 걱정하는 마음, 함께 있고 싶은 마음. 뻔뻔하게도, 부당하게도, 주제넘게도, 나는 남편을 사랑하고 있다. 그러나 그 마음을 전하지 못했다. 대신 남편이 말했다.

"나는 너를 놓지 못한다."

그의 목소리는 떨렸다. 그리고 더는 말이 없었다.

"씻고 올게요."

하고 나는 침실을 빠져나왔다.

샤워기만 틀어 놓고 화장실 안에 서서 거울을 본다. 벌거벗은 여자를 마주하며 속으로 운다.

미안해요.

안녕 노벰버

사랑에 대한 그 어떤 정의도 보편적일 수 없다. 사람마다 지문과 성격이 모두 다르듯 사람마다 사랑하는 방식도 모두 다르기 때문이다.

어디선가 그런 말을 들어본 적이 있다. 여자는 마음의 방이 하나여서 한 남자 밖에 품을 수 없지만 남자는 마음의 방이 여러 개여서 여러 여자를 함께 사랑할 수 있다고.

'대부분'이라는 단서를 달면 모를까, 그 말은 보편적 진리로서는 틀렸다. 나는 오랜 시간 동안 두 남자를 마음에 품고 지냈으니.

2007년 11월도 어김없이 찾아왔다. 대통령 선거를 몇 달 남긴 시점이어서 전국이 대선 열풍이었다. 지난 대선에서 노무현 대통령의

극적인 당선 드라마를 경험한 이들은 연속극을 보듯 대선 후보들의 행보를 지켜보았다.

나의 보물 보미는 건강하게 잘 커줬다. 나도 그렇고 남편도 그렇고 아기 때는 소심하고 얌전했다는데, 보미는 유별나게 활달한 아기였다. 애교도 많고 낯도 별로 가리지 않았다. 딸아이의 얼굴에는 나와 남편의 얼굴이 고루고루 있었다.

남편은 보미를 듬뿍 어여뻐 해 주었다. 나에게는 아직도 스킨십이 어색한 남편이 보미와 있을 때면 틈만 나면 뽀뽀를 하고 안아주었다. 거리감도 머뭇거림도 없는 솔직한 사랑이었다.

며칠째 맑은 날이 이어지던 2007년 11월의 어느 날 저녁이었다. 남편과 함께 거실에서 보미와 블록놀이를 해주면서 뉴스를 보고 있었다. 온통 선거 얘기뿐이었다.

"문국현 전 유한킴벌리 사장이 창조한국당 대통령 후보자 지명대회에서 대선 후보로 추대됐습니다."

"대통합민주신당 정봉주 의원이 BBK의 주가조작 이후 김경준 씨가 옵셔널벤처스코리아를 통해 횡령한 384억 원 중 54억 원이 한나라당 이명박 후보가 공동대표였던 lke뱅크 계좌로 입금됐다는 주장을 제기했습니다."

"이회창 전 한나라당 총재가 한나라당을 탈당하고 17대 대선에 출마한다고 선언했습니다."

뉴스 말미에 일기 예보가 이어졌다.

"내일까지 맑은 날씨가 이어지다가 모레인 금요일 비 소식이 있습니다."

현기증이 났다. 가슴이 두근두근 뛴다. 입안이 말라오고 손끝이 떨린다. 오래 기다린 북소리가 둥둥둥 울려 퍼진다.

남편의 눈치를 살폈다. 남편은 엎드린 자세로 보미와 눈을 맞추며 블록조립에 한창이었다.

불안감. 남편이 준이의 존재를 알아차릴 순간이 올까? 그렇다면 남편은 어떤 반응을 보일까? 불같이 노여워할까? 슬퍼할까? 나를 내칠까?

2007년 11월에 처음으로 비가 내린 날은 9일 금요일이었다. 노벰버는 그대로였다. 설레는 마음도 그대로. 나는 혼자 점심을 해먹고 그를 기다렸다. 기타도 치고 케이블 TV 영화도 보면서.

저녁 여섯 시가 넘어가자 초조한 기분이 들었다. 준이가 늦어지는 만큼 함께 있을 시간이 줄어드니까. 그는 여덟 시가 넘은 시간에 노벰버의 문을 열고 들어왔다. 오래 기다린 서운함 따위는 그의 미소를 보는 순간 흔적도 없이 사라졌다. 끓어 넘치는 갈망만이 가득했다. 그도 마찬가지였다. 우리는 몇 번이고 사랑을 나누었다. 헤어짐이 아쉬워 굿바이 키스를 하다가 다시 불이 붙기도 했다.

11월 15일 목요일. 두 번째로 비가 내렸다. 보미에게 아침을 먹이고 아주머니가 오자마자 집을 나서서 노벰버로 향했다. 그날은 수학능력 시험이 있는 날이기도 했다. 아이들이 한참 시험을 보고 있을 오전 시간의 거리는 차가 별로 없이 한산했다. 이른 새벽부터 내리기 시작한 비도 막 그쳤다.

0830. 비밀번호를 누르고 노벰버의 문을 열었다. 놀랍게도 그가 있었다. 금방 샤워를 마친 듯 말쑥한 모습으로 손을 들어 인사했다.

"출근 안 했어?"

"선배님 혼자 출장을 갔어요. 내가 이미 못 박아뒀거든요. 11월에는 출장을 못 간다고."

그렇게 신이 날 수가 없었다. 하루 종일 함께 있을 수 있다! 준이 역시 기분 좋은 얼굴이었다.

"우리 월미도 갈래요?"

준이가 기대에 찬 얼굴로 물었다.

"갑자기 월미도는 왜?"

"문득 누나하고 가보고 싶었어요. 바다 구경도 하고. 유원지에서 놀기도 하고."

나는 한 번도 월미도에 가본 적이 없어서 어떤 곳인지 감도 잘 오지 않았다. 일단 그의 말에 따르기로 했다. 차를 탄 지 한 시간도 안 걸려 인천에 도착했다.

"짜장면 한 그릇 먹고 갈까요? 어때요?"

차이나타운에 들렀다. 온통 붉은색의 간판을 단 식당과 잡화점이 골목을 따라 들어서 있었다. 곳곳에 지은 지 3,40년은 넘어 보이는 주택들이 남아 있었는데 보기 싫지 않게 거리와 어울렸다. 우리는 팔짱을 끼고 천천히 걸었다. 낡은 벽돌벽 앞에 멈춰선 준이는 핸드폰 카메라로 셀카 사진을 찍었다. 우리 둘이 얼굴을 맞댄 포즈의 사진은 적당한 빛과 표정이 어우러져 보기가 좋았다.

"잘 어울려."

나도 모르게 중얼거렸다. 준이가 물었다.

"보내줄까요?"

잠시 머뭇거렸다. 사소한 일이었으나 중요한 의미를 지닌 일이기도 했다. 지금까지 우리 둘의 공간과 시간은 일상생활의 영역과는 철저하게 분리되어 있었다. 우리는 편지, 이메일 한 번 주고받은 적이 없었고 심지어는 문자도 서로 보내지 않았다. 나는 그의 핸드폰 번호도 알지 못하고, 함께 찍은 사진도 한 장 없었다. 놀랍지만, 정말 그랬다.

"됐어요. 안 그러는 편이 낫겠어요."

준이는 금방 핸드폰을 주머니에 집어넣고는 내 어깨에 팔을 둘렀다. 아무 일도 없었다는 듯 경쾌하게 걷는 그에게 미안했다. 우리는 짜장면을 한 그릇씩 먹고 월미도 유원지로 향했다.

롯데월드보다 세 배쯤은 아찔한 바이킹을 타고나니 원초적인 흥에 휩싸였다. 도리어 내가 더 신이 나서 다른 놀이기구를 타자고 준이의 손을 이끌었다. 원판형의 놀이기구인 디스코 팡팡은 바이킹보다 더 재미있었다. 풍선 사격장에서는 준이가 인형을 땄다. 가슴에 I LOVE YOU라고 적힌, 황금빛 털을 가진 곰 인형이었다.

"노벰버에 놔두면 잘 어울리겠다."

준이는 아이처럼 좋아했다. 한참 신나게 논 우리는 노을 지는 바닷가에 서 있었다. 그는 나를 뒤에서 안았다. 그의 품에 있으면 아무도 나를 헤치지 못할 것 같은 기분이 든다.

바닷가에는 연인들이 많았다. 특히 20대 초반의 발랄한 아가씨들이 눈에 잘 띄었다. 눈부신 젊음, 철없는 웃음소리가 파도처럼 부서졌다.

"좋겠다."

툭 튀어나온 내 말에 준이가 의아한 표정이 되었다.

"뭐가요?"

"저 아이들. 어리잖아. 존재 자체로 빛이 나잖아. 나는 벌써 서른셋. 내년이면 서른넷이야."

"왜 그래요. 누나답지 않게. 제 눈에는 누나가 더 예뻐요."

"나는 곧 주름지고 늙어갈 거야. 너는 마음만 먹으면 나보다 열 살, 그보다 더 어린 여자들도 만날 수 있겠지."

"그런 생각을 하는 줄은 몰랐어요."

"나도 몰랐어. 애써 외면하고 있었나봐."

"하지 말아요. 그런 생각."

"너는 어떻게 하고 싶어?"

"뭘요?"

"계속 지금처럼 살 거야? 매년 요 때 며칠만 나를 만나는 것으로 충분해?"

"충분이요? 충분하다고 생각해요? 아니요. 충분하지 않아요. 그래도 괜찮아요. 원래 사랑은 부족할 수밖에 없다고 생각해요. 결혼해서 같이 살면 서로를 충분히 가지게 될까요? 사랑이 완성되고 평생 충만할까요?"

그의 목소리에는 조금 날이 서 있었다. 내가 지나쳤음을 알았다. 그는 잘못이 없었다. 너무 오랫동안 기다리고 있는 잘못 밖에는.

"저는 누나가 좋아요. 누나와 함께 있는 시간이 좋아요. 기다림

마저 좋아요."

"두려워. 언젠가는 내가 너를 더 이상 흥분시키지 못할 날이 오겠지."

못난 소리를 그만하고 싶었지만 이미 대상 없는 질투와 불안이 마음을 잔뜩 헝클어 버린 뒤였다. 준이는 그런 나를 위로하듯 말했다.

"아니요. 저의 사랑은 그렇지 않아요."

"너의 사랑은 어떤데?"

나는 그의 눈을 보았다. 그가 거짓말을 할 사람이 아님을 알았으면서도 이번만큼은 꼭 그의 눈을 보며 대답을 듣고 싶었다. 유치하게도, 확인하고 싶었다. 내 마음에는 이미 의심의 물결이 밀려 들어왔다.

그는 슬픔 가득한 시선으로 나를 마주 보았다. 그의 눈이 애원했다.

의심하지 말아요. 의심은 사랑을 죽이는 독이에요. 믿기 힘들어도 믿어야 하는 것이 사랑이에요.

그는 천천히 손을 올려 내 입술을 만졌다.

"아주 오래오래 당신과 함께하고 싶어요."

깊고 아득한 입맞춤. 눈을 감는다. 파도 소리가 커피 거품처럼 부드럽다. 몸이 노을의 일부가 되어 풍경 속으로 녹아드는 기분이다. 적어도 지금 나는 눈물겹도록 행복하다. 이토록 행복을 확신하기란 어려운 일인데. 단 한 순간도 잊기 싫다. 동영상 파일처럼 손실률 없이 저장하고 싶다. 훗날, 다시 이 찬란한 행복감을 되새길 수 있게.

그날 저녁, 우리는 어느 때보다 더 열렬하게 정사를 벌였다. 그리고 처음부터 끝까지, 수컷과 암컷으로 충실한 우리의 모습을 영상으로 기록했다. 손실률 0%의 디지털 파일로 남겼다. 언제일지는 모르겠지만 그 화면을 보며 자위행위를 할 준이를 생각하니 더 악랄한 흥분이 마약처럼 나를 몽롱하게 만들었다. 유원지의 곰 인형이 화장대 위에 앉아 우리를 지켜보고 있었다.

2008년 11월은 비가 별로 오지 않았다. 일요일이었던 9일이 되어서야 비가 내렸고 그다음 주말에 또 한 번 비가 왔다. 그리고 달이 끝나가도록 비가 없었다. 속이 탔던 나는 비가 내리지 않았던 어느 날 저녁에 노벰버를 찾았다. 문은 닫혀 있었다. 문에 귀를 대보았다. 인기척도 없었다. 언제나 룰을 지키는 쪽은 그였고 룰을 어기는 쪽은 나였다.

다시 비가 온 날은 27일이었다. 3일 연속으로 비가 내렸다. 우리는 데이트를 하러 나가지 않고 노벰버에만 머물렀다. 세월이 흘러도 점점 더 애틋해지기만 했다. 함께 있어도 갈증이 날 정도로. 준이는 이렇게 말하기도 했다.

"제가 여자였으면 누나의 아이를 가졌을 거예요. 그러고 싶은 심정이에요."

무섭게도, 부도덕하게도, 그의 아이를 갖고 싶다는 생각이 들었다. 그런 생각이 든 것만으로도 남편과 보미에게 죄책감이 들어 숨이 막힐 지경이었다.

열정의 온도만을 놓고 보자면 2008년은 준이에게 가장 뜨겁게 반응했던 해였다. 최진실과 안재환이 자살했다는 소식도, 베이징 올림픽도, 리먼 브라더스 은행 파산으로 닥친 경제 위기도, 미국산 고기 수입을 반대하는 촛불집회도 나에겐 중요하지 않았다.

그해 11월, 활활 타오르는 마음에는 불안이 깃들어 있었다. 새들이 기상변화를 본능적으로 알듯이 나도 예감했던 것일까? 어쩌면 그래서 더 애절했던 것일까?

  혼자 있을 때면 그의 이름을 입안에서 되풀이해서 부르곤 했다.

  준이야. 준이야. 준이야……

2009년 11월은 첫날인 일요일부터 빗방울이 비쳤다. 남편이 회사를 가서 혼자 보미와 놀던 날이었다. 보미는 아기 티를 많이 벗고 재잘거리기 좋아하는 다섯 살 어린이로 자라 있었다. 비 오는 날씨를 확인하고 보미에게 먼저 양해를 구했다.

"보미야. 오늘 엄마가 일이 생겼어. 이모하고 같이 있을 수 있지?"

"왜? 어디 가는데?"

뻔뻔해진 나는 아이의 천사 같은 눈앞에서조차 거짓말을 참 잘도 한다.

"엄마 친구가 많이 아파서 멀리 문병을 다녀와야 해. 지금 밖에 비도 오니까 집에서 쉬고 있어. 알았지?"

"알았어. 대신 뽀로로 틀어줘."

마침 아주머니가 도착했다.

"보미 엄마는 이맘때면 일이 참 많은가봐."

대수롭지 않게 내뱉은 아주머니의 말에 집을 나가려다 멈칫했다. 하긴 몇 년째 11월만 되면 유독 자주 아주머니를 불렀으니. 나는 별다른 대꾸 없이 그냥 웃어 보이고 말았다.

매년 11월의 첫 비가 내리는 날은 마법을 경험한다. 체온이 올라가는 착각이 든다. 호흡도 더 가빠지는 기분이다. 심장이 뛰는 속도도 평소보다는 더 빠른 것만 같다.

오피스텔 지하 주차장에 차를 세우고 엘리베이터에 올랐다. 그냥 엘리베이터가 아니다. 마법의 세계로 나를 인도해주는 강철 마차다.

엘리베이터 문이 열리고 복도를 걷는다. 숲길이다. 미지의 성으로 이어지는 길. 푸른 잎으로 커튼을 달고 보드라운 흙으로 바닥을 깐. 마침내 11월의 비 오는 날에만 열리는 문이 나타난다. 벌써부터 몸이 찌르르 찌르르 떨린다. 그런데.

없다.

예기치 못한 변화를 목격한 공주는 단박에 마법에서 깨어났다. 몇 년째 현관문에 붙어 있는 이름이 사라졌다. November. 나무판이 사라진 현관문은 오피스텔의 다른 방과 마찬가지로 그냥 철문일 뿐이었다. 나는 떨리는 손으로 비밀번호 0830을 눌렀다.

"비밀번호가 틀렸습니다. 다시 눌러주십시오."

또렷한 기계음이 가슴을 서늘하게 했다. 멍해진 상태로 잠시 서 있다가 다시 비밀번호를 눌렀다. 똑같은 기계음이 들렸다.

무슨 일일까?

모른다. 알 도리가 없다. 기다릴 수밖에. 그게 우리의 룰이다.

그때였다. 문 안쪽에서 여자의 목소리가 들렸다.

"누구세요?"

나는 대답을 하지 못했다. 그쪽에서 다시 누구냐고 물었을 때 겨우 입을 열었다.

"예전에 여기 살던 사람인데요."

가벼운 전자음이 들리더니 문이 열렸다. 20대 후반쯤으로 보이는 여자가 고개를 내밀었다.

"무슨 일이죠?"

화장기 없는 여자는 막 샤워를 마치고 나온 듯했다. 최대한 침착하려고 애쓰면서 물었다.

"혹시 이희준씨 아세요?"

"모르는데요. 왜요?"

"여기는 언제부터 사셨어요?"

"몇 달 안 됐어요. 3월부터요. 왜요?"

"그전에 살던 남자분, 모르시고요?"

"그분도 세입자였으면 제가 모르죠. 집 계약할 때 집주인 분은 봤는데. 남자가 아니라 아주머니셨어요."

"올해, 그러니까 2009년 3월부터 여기 사셨다고요?"

"네."

나도 모르게 열린 문틈으로 집 안을 엿보았다. 처음 보는 가구들. 낯선 배치. 노벰버가 아닌, 타인의 거처다.

사라졌다. 우리의 노벰버는 이제 존재하지 않는다.

감당할 수 없는 슬픔에 나는 무릎을 꿇고 말았다.

"어머! 괜찮으세요?"

놀란 여자가 나와서 나를 부축했다.

"괜찮습니다. 저는 괜찮습니다."

나는 눈물이 쏟아지는 얼굴로 되뇌었다.

그는 떠났다. 작별 인사도 없이, 이별의 이유도 말해주지 않고.

2009년 11월에는 비가 많이 왔다. 30일 중에 열흘. 그러나 나는 아무 곳으로도 가지 못했다. 준이도, 노벰버도 없었다.

누구에게도 말하지 못한 비밀이었다. 의지할 사람도 없었다. 며칠 동안 정신 나간 사람처럼 지냈다. 아직 어린 보미는 몰랐다 쳐도, 남편은 분명히 나의 변화를 눈치챘을 텐데. 그는 별다른 말을 하지 않았다. 애써 외면하는 것이리라, 짐작했다.

보미를 영어 유치원에 데려다 주고 혼자 서울 여기저기를 돌아다니곤 했다. 그의 존재를 모른 채 함께 살았던 화곡동 아파트, 커플 목도리를 하고 크리스마스 분위기를 내며 걷던 삼청동, 종종 산책을 나갔던 홍대 거리, 심지어 인천 공항까지 차를 몰고 간 적도 있었다. 그러나 내가 제일 가고 싶은 곳은 가지 못했다. 이 세상에는 없는 곳이 되어 버렸으니.

그를 쉽게 놓지 못할 것이다. 이것이 이별이라면, 이별의 시작일 뿐이다. 그 과정만도 아주 길고 긴 이별.

하루는 인천으로 나갔다. 1년 전, 준이가 나를 꼭 끌어안고 있었던 바닷가에 다시 섰다. 햇살도, 파도도, 젊은 아가씨들의 웃음소리도 그대로였다. 나는 혼자였다. 우리의 목소리가 환청으로 귀를 파고들었다.

내가 말했지.

나는 곧 주름지고 늙어갈 거야. 너는 마음만 먹으면 나보다 열 살, 그보다 더 어린 여자들도 만날 수 있겠지.

너는 말했지.

아주 오래오래 당신과 함께하고 싶어요.

왜 나를 떠났니? 거짓말을 했니? 나를 속였니? 이미 다른 여자가 있었어? 아님 내가 싫어졌어? 두려웠니? 힘들었니? 혹시, 내가 모르는 어떤 사건이라도 있었어?

......돌아올 거니?

2010년의 첫 월요일이었다.

아침에 일어나서 이를 닦고 차가운 물 한 잔을 마셨다. 거실로 나가서 습관처럼 페어글라스를 내다보았다. 세상이 모두 하얀색이었다. 기상관측 이래 최대 폭설로 기록된 눈이 내리는 순간이었다. 비현실적일 정도로, 온통 백색 가루로 휩싸여 버린 세상을 보며 멍하니 서 있었다. 얼음궁전에 갇힌 기분이었다. 누군가 어깨에 손을 올리는 느낌에 깜짝 놀라 돌아보았다. 남편이었다.

부부관계를 가질 때를 빼면 남편과 몸이 닿는 일은 많지 않았다. 결혼 전에도 우리 커플은 스킨십이 많지 않았다. 어깨에 손 올리는 정도도 낯설 만큼.

"일어났어?"

한결같은 남편의 아침 인사.

"잘 잤어요? 눈이 많이 와서. 당신 출근하기가 쉽지 않겠어요."

"서둘러 나가야겠다. 지하철 타고 가야겠네."

그렇게 말하면서도 남편은 내 옆에서 눈 오는 풍경을 감상했다. 우리 사이의 침묵도 100년 만의 폭설처럼 무겁게 쌓이고 있었다.

"무슨 생각해?"

"아무것도요."

"항상 궁금했어. 지금처럼 당신이 창밖을 우두커니 내다보고 있을 때면."

"원래 창밖을 자주 내다보곤 했어요. 학창 시절에는 혼도 많이 났죠."

남편은 등을 가볍게 두드려 준 다음 화장실로 들어갔다. 나는 보미 방에 가서 자고 있는 아이 옆에 앉았다. 아직 한잠에 빠져 있는 아이를 보며 오늘 하루는 유치원을 쉬어야겠다고 생각했다. 이 정도로 눈이 오면 셔틀버스도 움직이기 힘들겠지.

하얀 얼굴 위로 쓸려 내려온 연갈색 머리카락을 넘겨준다. 뺨에 입을 맞춰주고 싶지만 잠에서 깰까봐 그만둔다.

오래전 기억이 떠올랐다. 생애 가장 큰 갈림길 앞에 멈춰 있을 때였다. 내 발은 이미 한쪽 길에 들어선 채였다. 내 의지로도 돌이키지 못할 것 같았다. 그 무거운 발걸음을 돌린 존재가 바로 보미였다. 아직 이름도 얼굴도 얻지 못한 존재였으나 작게 울리는 박동만으로도 존재감은 충분했다.

아이가 아니었다면 지금 나는 어떻게 살고 있을까? 지금보다 더 행복할까? 지금보다 덜 아플까?

아이 방의 벽지는 옅은 녹색이다. 벽에도 천장에도 복슬복슬한 양이 풀을 뜯고 있는 그림이 있다. 괜히 손을 들어 부드러운 벽지를 만져본다. 의미 없는 동작에도 눈물이 주르르 흐른다.

미안해 보미야. 엄마가 미안해. 니 앞에서 다른 생각을 해서 미안해.

어머님이 서울로 오셨다. 뉴질랜드에 가신 지 5년 만이었다. 암이셨다. 의사의 선고는 췌장암 4기. 집안이 발칵 뒤집혔다. 가족들 모두 자신을 탓했다. 이 지경이 될 때까지 살피지 못했다며. 정작 당사자인 어머님은 침착했다.

꽃망울이 머리를 내밀던 3월의 어느 일요일이었다. 아버님, 어머님, 뉴질랜드에서 온 아주버님 내외와 조카 두 명까지, 모두 우리 집에 모였다. 과일 한 접시를 가운데 놓고 거실에 둥글게 모여 앉았다. 다들 침통한 표정으로 말이 없는 가운데 어머님은 오랜만에 보는 손녀를 무릎에 앉혀놓고 즐거운 표정이었다.

어머님 소식을 듣고 나서 췌장암에 대해 알아보았다. 치유도 어렵고 고통도 심한, 암 중에서도 제일 지독한 암이라는 설명에 가슴이 서늘했었다. 이미 암이 많이 진행되었다는데도 어머님의 얼굴에는 크게 고통스러운 모습은 찾아보기 힘들었다.

"왜들 그렇게 죽을상을 하고 있어? 어여 과일들 먹자."

어머님은 포크로 사과 한 쪽을 콕 찍어서 보미에게 들려주었다.

"고맙습니다 할머니."

보미가 인사하자 어머님은 활짝 웃으며 기특해하셨다. 그리고는 잘라 말했다.

"치료는 하는 데까지 해보겠다. 하지만 무의미하게 고생만 하기는 싫다. 지금이라도 맘 편하게 살고 싶어. 이게 내 진짜 소망이다."

흐느끼는 소리가 들렸다. 고개 숙인 아주버님이 울고 계셨다.

고등학생인 조카들이 도리어 양쪽에서 아주버님의 손을 잡아주었다. 남편 역시 무거운 표정으로 굳어 있었다. 나는 슬며시 남편의 손을 잡았다. 내 마음속의 소리가 들리기를 간절히 바랐다.
　당신 잘못이 아니에요.

　항암치료가 시작되었다. 내가 간병을 맡겠다고 나섰다. 아주버님과 형님은 고마워하시면서 자주 한국에 와서 돕겠노라고 하셨다. 실제로 그렇게 하셨다. 뉴질랜드는 가까운 거리가 아니었으나 한 달에 한 번씩은 와서 일주일씩, 열흘씩 우리 집에 머물며 병수발을 해주셨다. 형님이 올라올 때도 있고 아주버님이 올라올 때도 있었는데 그동안에는 나를 병원에 얼씬도 못하도록 하셨다.
　그래도 병원에 제일 자주 들르는 사람은 나였다. 남편은 간병인을 따로 쓰자고 했지만 나는 그러고 싶지 않았다. 말이 시어머니지 결혼하자마자 뉴질랜드로 건너가셔서 몇 번 뵌 적도 없었다. 지금까지 최악의 며느리였으니 앞으로 얼마 남지 않은 시간 동안이라도 사죄드리고 싶은 마음도 컸다.
　어머님의 병세는 눈에 띄게 나빠졌다. 몸이 쪼그라들고 머리카락이 빠졌다. 피부는 떨어져 나갈 것처럼 힘이 빠지고 늘어졌다. 그래도 어머님은 아프다는 말씀을 잘 안 하셨다. 죽도록 고통스러운 암이라고 했는데. 오히려 어머님은 당신의 모습이 손주들 눈에 무섭게 보일까봐 제일 걱정하셨다.

결국 6월이 되자 어머님은 말기 암 환자전문 병원으로 병실을 옮겼다. 치료보다는 환자의 심리적 안정을 우선으로 하는 병원이었다. 잘 가꿔진 정원이 건물 뒤쪽에 딸려 있었는데 가끔 컨디션이 좋을 때면 내가 휠체어를 밀고 정원을 산책하기도 했다. 그럴 때면 어머님은 종종 말을 거셨다.

"아들놈만 둘 키우면서 딸이 하나 있으면 얼마나 좋을까 했는데 니가 딸 노릇을 해주는구나."

"힘드실 테니 자꾸 말씀하지 마세요."

"오늘 우리나라 경기가 있어?"

남아프리카 월드컵의 열기가 한창이던 6월이었다. 우리나라 축구 경기가 있는 날이면 병실에서도 함성이 툭툭 터져 나왔다. 병원에 딸린 정원 산책로에도 붉은악마 셔츠를 입은 사람들이 가끔 눈에 띄었다.

"네."

"어떤 나라하고 하는데?"

"우루과이요."

"몇 시지?"

"늦게 해요. 어머님은 주무셔야죠."

"의사 선생님만 허락하시면 보고 싶구나."

"밤 열두 시가 넘어서 끝날 텐데요."

그날 밤 병실에서 축구 경기를 보도록 허락이 떨어졌다. 저녁에 집에 들러 보미 유치원 숙제를 챙겨준 다음 병실로 돌아왔다. 어머님과 함께 입게 붉은 티셔츠도 두 벌 준비했다. 2인실이었으나 얼마 전까지 방을 같이 쓰던 40대 여자 환자분이 돌아가시고 며칠째 어머니 혼자 병실을 쓰고 있었다.

"시청자 여러분 안녕하십니까? 여기는 남아공 포트엘리자베스 넬슨만델라베이스 스타디움입니다. 오늘 남아공 월드컵 16강 경기, 우리나라와 우루과이의 경기를 중계해 드리겠습니다. 이 경기에서 이기면 8강인데요, 과연 2002년의 환희를 다시 맛볼 수 있을지, 함께 지켜봐 주시기 바랍니다."

해설자는 흥분한 음성으로 중계했다. 어머님 침대를 적당하게 세워주고 옆에 앉았다. 바싹 마른 손을 꼭 잡고 축구를 지켜보았다.

경기는 흥미진진했다. 전반 8분 우루과이 수아레스가 오른발로 골을 득점으로 연결했는데 후반에 이청용 선수가 동점 골을 터뜨려 승부를 원점으로 만들었다.

전반전까지는 재미있게 경기를 보시던 어머님은 후반전에 들어가자 체력이 달리는 모습이었다.

"힘드세요? TV 끌까요?"

"2002년 월드컵 때는 광화문에까지 가서 응원을 했어. 나이가 환갑이었는데."

"그만 주무세요 어머니. 벌써 자정이에요."

"아니다. 얼마 남지도 않았는데. 다 보고 싶다. 내 생전에 마지막으로 보는 축구 아니냐."

내 생에 마지막. 그 말에 더 이상 토를 달수가 없었다.

"속이 후련하다."

어머님은 편안한 음성이었다.

"축구 보셔서요?"

"늦었지만 내가 죄 값을 치르게 돼서."

그래서였나요 어머니? 아파도 아프다는 말씀 안 하시고 고통을 받아들이신 이유가?

"나는 죄가 많은 사람이다."

"그런 말씀 마세요 어머니."

"그 이야기, 종우한테 들었니?"

나는 조용히 고개를 끄덕였다.

"아이들한테 그러지 말아야 했는데. 나도 너무 힘들어서 아이들을 안아주지 못했어. 도리어 밀어냈지. 특히 종우는 어미 사랑을 못 받아보고 컸어. 그 사건 때문에 힘들어하는 것도 지 형보다 더했고. 나는 종우가 결혼을 못하리라 생각했다. 결혼은 고사하고 여자를 만나서 연애를 하리라고는 생각도 하지 못했다."

"자꾸 지난 일 생각하지 마세요 어머니."

"이제 괜찮다 싶어서 얘기하는 거다. 너한테 미안해서."

그러면서 어머님은 뼈밖에 안 남은 앙상한 손가락에 힘을 주셨다.

그녀는 쪼그라들어 점처럼 보이는 눈을 애써 크게 뜨며 물었다.

"종우를 사랑하니?"

대답을 하지 못했다. 어머님은 내 눈 속에서 대답을 찾으려는 듯했다. 나도 모르게 시선을 떨어뜨렸다. TV 해설자의 실망한 목소리가 들려 TV 화면으로 도망치듯 시선을 돌렸다.

"아, 이게 무슨 일입니까? 결국 수아레스 선수가 두 번째 골을 성공시키네요. 후반전, 시간이 얼마 안 남았는데요."

TV 화면에서는 우루과이 유니폼을 입은 금발머리의 선수가 환호하며 필드를 누비고 있었다. 그 모습이 눈물에 덮여 뿌옇게 흐려졌.

"고맙다 애기야."

어머님은 내 손을 잡은 채로 잠이 드셨다.

어머님은 한 달 뒤, 여름이 한창이던 7월 말에 돌아가셨다. 예순아홉의 나이셨다. 그녀는 자식들에게 간단한 유언을 남기셨다.

후회 없이 살아라.

편지

오랜만에 연이를 만난 곳은 여의도 공원 옆 국민일보 건물이었다. 1층에 넓게 자리한 〈카페 포토〉라는 곳에서 그녀는 나를 기다리고 있었다.

나로서는 오랜만의 외출이었다. 어머님 상을 치르고 보름 넘게 외출을 하지 않았다. 마음도 발걸음도 무거웠다. 오히려 남편이 나를 더 위로해 줄 정도로 나는 낙담한 상태였다. 고작 몇 달을 함께 지냈던 어머님의 모습과 목소리가 떠나지 않았다.

"니가 그렇게 울 줄은 몰랐다."

연이가 긴 유리잔에 담긴 레모네이드를 빨대로 쭉 빨아 마시고 말했다.

문상을 왔던 사람들이 많이 하는 이야기였다. 유독 내가 그렇게 슬프게 울고 곡을 했다고 한다. 정작 나는 기억도 잘 나지 않는데.

"이제 일도 시작해야지. 계속 집에만 있을 거야?"

연이는 일부러 더 명랑하고 씩씩한 음성으로 말했다. 나는 고개를 흔들었다.

"글은 무슨."

"왜 안 써?"

왜 글을 안 쓰냐고? 괴로워서. 아무한테도 말하지 못한 사랑의 기억이, 이별의 아픔이 손끝에서 번져 나올까봐. 무서워서 쓰지 못해.

작년까지는 연이와 함께 작업을 했다. 영화로 만들어진 시나리오도 있었고 캐스팅 단계에서 엎어진 영화도 있었다. 작년에 쓴 시나리오 한 편은 캐스팅까지 대략 마무리되어 지금 투자를 받기 위해 제작사가 움직이는 중이었다.

준이가 사라진 뒤 모든 것이 멈추었다. 나는 일체의 작업도 하지 않았다. 한 팀처럼 움직이던 연이로서는 꽤나 타격이었으리라.

"쓰기 싫어."

나는 무성의한 대답을 던지고 말았다. 연이의 표정이 어두워졌다.

"팔자 좋네. 쓰기 싫으면 안 쓰고. 그래, 그럼."

"그런 뜻이 아니야."

"아니. 넌 나와는 달라. 나는 글을 쓰고 싶기도 하지만 먹고 살기 위해서도 써야 해. 너는 그럴 필요가 없잖아. 내가 착각하고 있었어."

"그런 말이 아니라고. 조금 더 시간이 흐르면 이야기해줄게."

연이는 알겠다며 고개를 끄덕이고 말았다.

사라졌다. 없다. 글을 쓰고 싶다는, 영화 일을 하고 싶다는 꿈은 자취를 감추었다. 한때는 나를 들뜨게 하고 피를 뜨겁게 하던 꿈이고 일이었는데.

지금 유지하고 있는 일상의 움직임 외엔 아무것도 하고 싶지 않다. 그럴 힘도 없다. 그것이 솔직한 심정이었다.

조금은 불편한 만남이 끝나고 집으로 돌아왔다. 아주머니를 보내드리고 보미와 함께 유치원 숙제를 했다. 저녁을 준비했다. 된장찌개와 고등어구이. 어김없이 퇴근 시간에 돌아온 남편과 밥을 먹었다.

"8월 말에 여행 다녀오자."

식사 끝 무렵에 남편이 제안했다. 어머님 상을 치르느라 못 간 여름휴가를 가자는 이야기였다.

"어머님 돌보느라 당신은 봄여름 내내 병원에서 지냈잖아. 기분 전환도 할 겸."

반가운 제안이기도 했다. 내가 동의하자 남편은 적극적으로 나섰다. 그답지 않은 모습이었다.

"여행 갈 곳은 내가 알아볼게. 당신은 그냥 편하게 따라오기만 해."

"디즈니랜드 가면 안 돼?"

보미가 눈을 크게 뜨고 끼어들었다. 남편은 그런 딸아이의 뺨에 뽀뽀를 쪽 해주며 말했다.
"거긴 아주 멀어. 나중에 우리 보미 조금만 더 크고 오래오래 여행할 수 있을 때 가자. 열흘이나 보름 동안."
보미는 새끼손가락을 내밀었고 남편은 흔쾌히 약속했다.

마리나 베이 샌즈(Marina Bay Sands) 호텔은 외관만으로도 나를 압도했다. 50층이 넘는 건물 세 동이 나란히 서 있고 세 동의 건물 옥상에는 항공모함보다 더 큰 크기의 배가 얹혀 있었다. 놀랍게도 그 배는 거대한 수영장이었다. 싱가포르 전역의 경치를 감상하면서 수영을 즐길 수 있었다.

남편이 택한 휴가지가 싱가포르라는 사실을 알았을 때 나는 고개를 들지 못했다. 남편은 내 사정도 모르고 신이 나서 설명을 했다.

-기억나? 우리 싱가포르 거쳐서 발리로 신혼여행을 가려다가 못 갔잖아. 이번에 가자. 우리 회사 고객 중에 쌍용 건설이 있어. 몇 년 전에 쌍용 건설이 싱가포르에 끝내주는 호텔을 지었다고 하더라고. 객실이 무려 2,500개나 된대. 자기가 갔을 때는 짓기도 전이지. 할인도 많이 받을 수 있어.

물살에 몸을 맡기듯, 그의 선택에 따랐다. 6년 만에 가보는 싱가포르가 어떻게 변했는지 궁금하기도 했다.

그렇게 묵게 된 호텔이 마리나 베이 샌즈 호텔이었다.

아직 보미가 많이 어렸던 탓에 많이 걸어서 관광하는 일정은 무리였다. 호텔이 워낙 큰데다가 거대한 쇼핑몰과 식당가가 연결되어 있어 호텔에서만 며칠을 머물러도 지겹지 않을 것 같았다.

"엄마 나 여기서 살래!"

보미는 호텔을 아주 마음에 들어 했다. 실내도 외관만큼 화려했다. 엔간한 건물 높이로 천장이 뚫린 로비에는 초대형 조형물이 매달려

있었다. 명품 브랜드 위주로 입점한 쇼핑몰과 투숙객들에게 개방된 카지노의 조명은 사람들의 눈을 부시게 했다.

우리가 묵은 34층 객실의 조망도 훌륭했지만 호텔 꼭대기 배 수영장의 전망은 황홀감을 불러일으켰다. 특히 밤에 수영을 즐기면서 본 레이져 쇼는 타임머신을 타고 미래세계를 엿보는 느낌이 들게 했다. 녹색 레이저 빔이 음악에 맞춰 싱가포르 야경을 누볐다. 내 옆에 찰싹 붙어 있던 보미는 연신 탄성을 질렀다.

가끔 내 시선은 저만치 아래에 보이는 만다린 오리엔탈 호텔에 머물렀다. 그럴 때마다 정신이 아득해졌다. 몸 어딘가에서 전기를 뿌리듯 몸이 찌릿찌릿했다.

아직 잊지 못했다. 애써 누르고 외면하고 있을 뿐.

결혼 초기의 감정과 닮았다. 입장은 뒤바뀌었다. 그때는 내가 일방적으로 이별을 통보했지만 이번에는 준이가 나를 떠났다. 지독한 그리움이 치밀어 오른다.

너는 어디에 있니? 너도 내 생각을 하니?

만다린 오리엔탈 호텔을 내려다보면서 문득 이런 말이 떠올랐다.

끝났으되 끝난 적이 없고 이루어지지 않았지만 또 이루어진 사랑.

다음날도 첫째 날과 일정이 비슷했다. 늦잠을 자고 쇼핑을 하고 맛있는 음식을 먹고 시내 구경을 하고 돌아와 밤에는 수영을 즐겼다. 괜히 기분이 미안해지는 호사였다. 남편은 그런 내 심정을 알아챘는지 눈이 마주칠 때마다 빙긋 웃어 보였다.

사흘 동안의 호사가 끝나고 마지막 밤이었다. 남편은 둘 만의 시간을 원하는 눈치였지만 보미를 호텔 방에 혼자 놔두고 나갈 수가 없어서 룸서비스로 와인을 주문했다. 수영장에서 신나게 설치고 놀던 보미는 큰 대자로 뻗어 잠이 들었다.

우리는 야경이 훤히 보이는 통유리 앞 테이블에 와인과 치즈를 놓고 마주앉았다. 남편은 넓은 와인글라스에 절반이 조금 안 되게 와인을 따랐다. 쨍 소리가 나게 건배를 하고 한 모금씩 마셨다.

"삼일이 금방 지나갔네요."

"그러게 말이야."

"고마워요."

"뭐가?"

"이렇게 멋진 곳에 데려와 줘서."

남편은 빙긋이 미소 지으며 고개를 가로저었다.

"못 와본 신혼여행이잖아. 할 말도 있고."

남편의 목소리가 차분하게 깔렸다. 눈빛도 미묘하게 변했다. 처음 사귀고 싶다고 고백했을 때, 프러포즈할 때와 같은 눈빛이었다.

"희준이라는 사람을 만났어."

남편 입에서 그의 이름이 나오는 순간 내 혀는 말을 잊었다. 방 안의 풍경이 빙글빙글 도는 것 같았다.

"작년 초야. 회식을 마치고 돌아오는데 집 앞에 있는 벤치에 누가 앉아 있더라. 파리한 인상의 젊은 남자. 그전에도 여러 번 본 적이 있었어. 몇 년 전부터. 늦게 퇴근하는 날이면 우리 집 앞 벤치에 앉아 있던 모습을 봤었지. 전에는 그냥 지나치곤 했는데 그날따라 그 사람의 시선이 마음에 걸렸어. 하염없이 바라보고 있는 지점이 꼭 우리 집 같았거든. 조금 더 다가가서 남자의 시선 방향을 가늠해보았어. 그러다가 남자가 메고 있던 목도리를 보게 됐어. 겨울마다 당신이 즐겨 메던 크림색 목도리와 똑같더군."

형사 앞에서 결정적인 물증을 들킨 용의자처럼 가슴이 덜컹 내려앉았다. 남편은 와인을 한 모금 마시고 한숨을 쉬었다. 나는 꼼짝도 하지 않고 이어질 말을 기다렸다.

"그럴 때가 있지? 근거는 부족하지만 강력한 확신이 들 때. 나는 남자에게 불쑥 물었어. 혹시 이준희라는 사람 아냐고. 당신 이름을 듣자마자 당황하는 기색이 역력했어. 남자는 술에 많이 취한 듯 보였어. 난 남자를 데리고 아파트 앞 상가에 있는 술집으로 갔어. 진심을 다해 묻고 부탁했어. 그리고 이야기를 들었지."

"무슨 이야기를요?"

나는 겨우 목소리를 짜내 물었다.

"한 여자와 한 남자의 이야기. 자세히는 아니지만 대충은 들었어.

싱가포르에서 처음 만났다고. 결혼 뒤에는 11월에 비 오는 날에만 만났다는 이야기도 들었어."

남편은 잠시 말이 없다가 와인 잔을 비우고 내뱉듯이 말했다.

"오피스텔 이야기도."

마음속 유리창이 쨍그랑 소리를 내며 깨졌다. 남편은 평정심을 유지하느라 애쓰는 모습이었다. 심호흡을 하고 자기 잔에 와인을 채운 뒤 또 마셨다.

"그 친구가 그러더군. 당신을 진심으로 사랑한다고. 그는 확신하고 있었어. 당신도 자기를 사랑한다고. 아주 자신만만했지. 취기 때문만은 아니었어."

남편은 고개를 끄덕이고는 말이 없었다.

"그래서요?"

"내가 원망스러웠어. 결혼 전에 당신이 말했을 때. 나를 사랑하지 않는다고 고백했을 때 당신을 놓아줬어야 했는데."

당신 잘못이 아니에요. 말하고 싶었지만 목소리가 안 나왔다.

"며칠 뒤에 다시 만났어. 이번에는 점심시간에. 젊은 친구가, 운동을 많이 하는지 훤칠하고 단단해 보이는 몸에 양복이 잘 어울리더라. 머리숱도 없고 배도 불룩 나온 나하고는 많이 다르더라. 내가 먼저 제안했어. 1년만 시간을 달라고. 마음의 준비를 한 다음 당신에게 물어보고 그 선택에 승복하겠다고 했어. 다만, 그동안에는 당신을 만나지 말아 달라고."

"그랬더니요?"

"희준씨도 동의했어."

남편은 잠시 눈을 감았다가 떴다.

"그 친구도 당신을 오래 기다렸지만 나 역시 당신을 참 오래 기다렸어. 어쩌면 가둬두었던 걸까? 하지만 더 이상은 이렇게 살 수 없다는 생각이 들어. 어머니 유언도 많이 생각났고."

"어머님 유언이 왜요?"

"예전에는 그랬어. 어머니는 항상 삶 앞에서 겸손하라고 말씀하셨지. 무심코 던진 돌 하나에도 온통 뒤집어질 수 있는 게 삶이라는 뜻이었겠지. 그런데 결국 돌아가시면서 남긴 말씀은 후회 없이 살라는 유언이었어. 어머니가 맞아. 두려워도, 위험해도, 용기 내서 원하는 대로 살아야 하는 게 삶이겠지. 그러니 후회 없이 살아야지. 나도, 당신도."

남편은 나를 보면서 고개를 끄덕였다. 쓸쓸하다기보다는 홀가분해 보이는 그의 얼굴 옆으로 통유리 너머 싱가포르의 야경이 빛났다. 그 속에 만다린 오리엔탈 호텔의 간판이 보였다.

"지금 상황에서 이런 말 이상하게 들릴지 모르겠지만 많이 고마워. 진심이야. 이제야 지긋지긋한 과거의 감옥으로부터 벗어난 기분이야. 나는 새 사람으로 태어났어. 당신이 아니었다면 영원히 갇혀 있었겠지."

나는 고개를 내저었다.

"당신이 나를 선택하든 그 사람을 선택하든, 어떤 삶의 방식을 선택하든, 한 가지만 부탁할게. 보미에게 좋은 엄마로 남아줬으면 해. 그럴 거라고 믿어."

남편은 테이블 위에 단정하게 풀로 붙여진 하얀색 편지 봉투를 내밀었다.

"이걸 전해달라고 하더라."

편지를 받아드는 내 손길이 바르르 떨렸다.

"이제 잘게. 당신은 시간이 좀 더 필요하겠지?"

남편은 의자에서 일어나서 다가왔다. 눈을 감았다. 이마 위에 와 닿는 남편의 입술이 느껴졌다. 남편은 무슨 말인가를 하려다가 말았다.

남편이 침대에 눕고 난 뒤, 편지와 카드키를 챙겨 방에서 나왔다. 호텔 로비에 있는 바에 가서 위스키 온 더 록 한잔을 주문했다. 모던하면서도 클래식한 무게감이 있는 바였다. 넓은 실내 구석에는 피아노가 있었는데 붉은 드레스를 입은 백인 여자가 피아노를 연주하고 있었다. 주문한 위스키 온 더 록이 나왔다. 한 모금을 마셨다. 짜릿한 알코올 기운이 번졌다.

조심스럽게 봉투를 뜯었다. 단단하게 풀로 붙여진 입구가 찢겨나갔다. 네 번 접혀서 안에 들어 있는 편지지를 폈다. 하얀색 종이 위에 꾹꾹 눌러쓴 글자를 하나씩 하나씩 읽어나갔다.

이 편지를 읽고 있다면 이미 남편분에게 다 들으셨겠지요. 당신 허락도 구하지 않고 노벰버를 정리해버려서 화가 많이 났나요? 저로서는 그분의 부탁 때문에라도 어쩔 수 없었음을 이해해주세요.

인정할게요. 그분은 저와는 다른 방식으로 분명히 당신을 사랑하고 있습니다. 사랑의 크기를 재는 일은 불가능하겠지만 그 분의 사랑이 저의 사랑보다 더 클지도 모르겠네요.

그분은 당신의 선택을 존중하고 싶대요. 사랑이란 억지로 요구할 수 없는 것이라면서요. 당신이 저를 선택한다면 제 연락처를 드리겠대요.

그 분은 이런 말씀도 하셨어요. 누나가 원한다면, 지금까지 그랬던 것처럼 저의 존재를 인정해줄 수도 있다고요. 그러나 이제는 제가 그러지 못하겠어요.

당신은 두 사람에게 사랑을 받아서 두 배로 행복했나요? 혹시 두 배로 불행하지는 않았나요? 저는 모르겠습니다. 외로운 만큼 충만했고 충만한 만큼 외로웠습니다. 고통스러운 만큼 행복했고 행복한 만큼 고통스러웠습니다.

이런 순간이 오리라고 왜 생각하지 못했을까요? 왜 그리도 온몸을 던져 사랑했을까요? 왜 우리는 내일이 없는 사람들처럼 사랑했을까요? 세상에 영원한 건 없는데 말이죠. 차가운 11월의 비조차도 언젠가는 그치잖아요.

그러나 아직도 저는 믿고 있습니다. 누군가를 좋아하는 마음, 누군가가 나를 좋아해 주는 마음은 귀한 보석과도 같다고요. 다이아몬드보다 더 귀한 보석, 대책 없는 순정을 우리가 나눠 가졌다는 사실만큼은 분명합니다.

당신이 저를 놓는다 해도 잊지 않을게요. 11월의 비가 내리던 행복한 날들을요.

기다릴게요.

몇 번이고 편지를 되풀이해서 읽고 내려놓았다. 호텔 밖이 보이는 바 유리벽으로 빗줄기가 흘러내리고 있었다.

오래전 그날 싱가포르에서 흠뻑 비를 맞았던 날이 떠오른다. 꼭 그날처럼 갑자기 퍼붓는 스콜이다. 유리벽에 손바닥을 대어본다. 차가운 감촉이 전해진다. 밖에서 내리는 비가 유리벽을 뚫고 손바닥으로 스미는 착각이 든다.

내 마음에게 묻는다.

이제 어떡하지?

아직은 답이 없다. 이런 문제에 과연 답이 있을까? 그러나 답을 찾아야 한다. 부당할 정도로 오랜 세월 동안 나를 기다려준 두 남자를 위해서라도.

보고 싶다. 미치도록. 가슴을 쥐어뜯는 그리움이 거대한 유리벽을 타고 흘러내린다.

너도 내 생각을 하고 있니? 우리 또 만나게 될까? 그래도 될까?

이런 생각도 해 본다. 준이에 대한 식지 않는 열망과 그리움은 그와 나 사이에 놓인 거리 때문일 지도 모른다고. 막상 우리가 다른 연인들처럼 자주 본다면, 혹여 우리가 결혼을 해서 함께 산다면, 때로는 지겹고 때로는 구질구질한 일상에 몸을 담근다면, 지금 같은 열망과 그리움은 변하고 사라질지도 모른다.

그래도 도전은 해봐야 하지 않을까? 지켜봐야 하지 않을까? 우리의 사랑이 어디까지인지. 훗날 눈 감을 때 후회하지 않도록.

귀에 익숙한 멜로디가 들렸다. 붉은 드레스를 입은 피아니스트가 새로운 곡을 연주하기 시작했다. 이제 나는 이 멜로디의 정체를 알고 있다. 쇼팽의 야상곡. 그중에서 20번.

눈을 감는다. 녹턴의 음률 속으로 떠내려간다. 흔들흔들, 아득하게.

에필로그, 두 번째 작가의 말

책을 내기 전에 완성된 원고를 이 소설의 실제 주인공인 그녀에게 보여주었습니다. 가로수길에 있는 한 카페에서. 저는 그녀가 그 자리에서 소설을 다 읽을 때까지 다른 책을 읽으면서 기다렸습니다. 단숨에 소설을 읽은 그녀는 만족스럽게 고개를 끄덕여주었습니다.

—고마워요. 이제 무섭지 않아요.

—뭐가 무서웠습니까?

—사라질까 봐요. 그 시절의 기억이.

그녀는 착각하고 있었습니다. 사라지지 않습니다. 사랑은 존재했다는 이유만으로 영원합니다. 어른이 되었다고 유년시절이 사라지지 않는 것처럼, 사랑은 부정할 수도 없고 지울 수도 없지요. 우리가 사랑이 끝났다고 생각하는 이유는 돌아보지 않기 때문입니다. 사랑은 돌아보면 언제나 그 자리에 있습니다. 좋든 나쁘던 우리의 추억.

처음 만난 날, 길고 긴 고백을 전해주었을 때도 그녀는 스토리의 결말은 말해주지 않았습니다. 저는 또 물어보았습니다.
　-그래서 지금은 누구와 지내고 있어요? 남편인가요 희준씨인가요?
　그녀는 이렇게 대답했습니다.
　-제 선택에 후회하지 않으려고 노력하고 있어요. 그러면서도 지난 세월의 의미에 대해서는 애정을 갖고 인정하려고, 또 노력하고 있어요. 언젠가는 자연스러워지겠죠. 노력하지 않아도 그렇게 살게 되겠죠.

　속 시원한 대답은 듣지 못했지만 저는 충분하다고 생각했습니다.

　한 여자와 두 남자, 그리고 작은 방에 관한 이야기.
　어쩌면 아직 끝나지 않은 이야기.

여기서 마침표를 찍으려고 합니다.

이 소설을 읽고 한 번쯤 돌아보시기를. 옛사랑을, 혹은 지금 당신이 빠져 있는 사랑을. 그리고 당신이 꿈꾸는 사랑을.

마지막으로 멋진 사진을 찍어주신 가쎄 김남지 대표님께 감사드립니다. 당신의 감성과 열정에 건배하고 싶어요.

곧 다시 인사드리겠습니다. 더 재미있는 이야기와 함께 돌아올게요.

-2011 가을과 겨울 사이, 비 내리는 11월의 밤에

노벰버 레인
November Rain

어쩌면 아직 끝나지 않은 이야기...